詩經圖譜

彩绘本《毛诗品物图考》解说

〔日〕冈元凤 纂辑
王承略 解说

上海古籍出版社

本书所采用的彩绘图谱

据台北“故宫博物院”所藏《毛诗品物图考》

《诗》的时代，人与自然，是和谐的，更是功利的。以功利之心而犹有深情，此所以《诗》之为朴、为真、为淳、为厚，为见心见性之至文。草木作为兴，常常是《诗》之灵感的源泉。读《诗》固可多识鸟兽草木虫鱼之名，但彼时这浑朴本色的名称后面，实在还有着“心的眼”，因此“博物”一系在《诗经》研究中始终一脉不断。三十年前着手整理《诗经》名物资料之际，徐鼎《毛诗名物图说》和日人冈元凤的《毛诗品物图考》便是我喜欢的两部。徐氏教学为业，而自幼用心《诗经》名物；冈元凤则以医为业，精于本草，但两家都很注重实践，并且颇有实事求是的精神。比较而言，前者的文字说明更详细一些，而就图的工致与准确来说，后者胜出。总之，这两部书可以说是这一类题目中很有代表性的著作。今见上海古籍出版社推出《毛诗品物图考》彩绘本，适如老友重逢。它以体物之心依恋于经典，于是与经典一样有了长久的生命力。

—— 扬之水　中国社会科学院文学所研究员

孔子指示阅读《诗经》的要点之一是多识草木虫鱼之名，但上古距今太远，做到不易，因此成为专学。当今著名学者扬之水先生即在《诗经》名物的研究上做出过杰出贡献。此书为冈元凤所撰，刊行于二百多年前。这位日本学者迷恋中国文化，又受当时兰学的影响，决心让《诗经》为普通人包括孩童皆能一目即了。因此他遍索五方，遐陬绝域，亦不弃遗，并诚邀图绘高手，终于完成这部形色逼真、香臭艳净、郁然可挹的著作。此书传到中国，即有刊行，然已是百年前之事。现为王承略先生重新整理，配以彩图，精美远胜原书。开卷一览，不只图像悦目，重要的是又把我们引入了《诗经》那个优雅的古老世界。

——范景中　中国美术学院教授

《毛诗品物图考》整理本序

《诗经》是产生于我国周代的一部古老的诗歌总集，也是两千多年来备受推重的儒家经典之一，流传极广，影响深远。保存在《诗经》中的三百余篇诗歌，由于作者能够真实地述其所见、志其所感，又多用“比兴”的方法“托物言事”“藉物抒情”，因而这些诗篇在广泛再现两周社会风貌的同时，也涉及对大自然诸多“品物”的咏唱，其中包括许多草、木、鸟、兽、虫、鱼等。这是《诗经》三百篇一个触目的特点，也是历代学者《诗》学研究的一个特殊方面。早自孔子，就在肯定《诗》之“迩之事父”“远之事君”功能的同时，也并未忽略其可资“多识鸟兽草木之名”作用的方面（参见《论语·阳货》）。自汉以来，三国（吴）陆玑有《毛诗草木鸟兽虫鱼疏》，宋蔡卞有《毛诗名物解》，明冯复京有《六家诗名物疏》，清陈大章有《诗传名物集览》等，都用力于对《诗经》名物的考证、说明，做出了不同的学术贡献。

《毛诗品物图考》也是一本以阐释《诗经》“品物”为主要内容的专书。全书以流传相对完整的《毛诗》为底本，依次分成草部、木部、鸟部、兽部、虫部、鱼部等七卷，每卷先列经文、传义，次及“郑笺”“孔疏”、朱熹“集传”等，兼引其他著作，辨以己意，并绘图以做说明。全书虽然卷帙不大，却涉及甚广，释义简要，而且着意“写其图状，系以辨说”，很有自己的特点。

本书的价值，首先是在广作参订的基础上对《诗经》名物做出了新的考辨。《诗经》年代久远，所载名物种类既多，又常见别称异名，难以确解。作者“遍索五方，亲详名物”（原书《跋》语），在细审各种经学文献、子史著作以及医类图籍的基础上，比照同异，潜心斟酌，揭示出包括“毛传”“郑笺”“集传”在内的一批前人注释的缺误，提出了自己的新说，值得肯定。

其次，全书取名“图考”，即有意把考辨成果用图像表现出来，使阅读者开卷了然，又能收到“综见见闻闻之类，极形形色色之奇”的效果（参见原书卷首戴兆春《序》），这就大大增加了本书的形象性和可观赏性。粗略统计，书中各类草、木、鸟、兽、虫、鱼的图像，达211幅之多。这些图像，虽不是篇篇惟妙惟肖，却可以说大都用笔精细，描摹真切，多有可资欣赏、把玩之处。在我国古代文化史上，《诗经》名物图谱类的著作虽陆续出现过几种，但多已散失（参见书末《跋》语），坊间偶见晚近的制作，则过嫌粗陋。就此而言，这本小书似乎也可以说是不可多得了。

另外值得注意的一点，还在于这本著作是出自一位日本汉学家之手。关于作者冈元凤，我们迄今所知很少。查书中屡见“享保中来汉种”字样（见《木部》“言刈其楚”“投我以木瓜”诸条），似属日本中御门天皇享保（1716～1735年）年间或稍后追记之语；又书后所附木孔恭《跋》语，谓撰于日本光格天皇“天明甲辰”年，相当于我国乾隆四十九年，公元1784年。准此，则全书的最终写定，必定就在这年或此前不久了。作者在18世纪中后期，能够抱着敬慎其事的态度，坚持阐释《诗经》的工作，不惜花费大量精力，说明中国经学、文学在日本的广泛影响，也显示了冈元凤本人对中国传统文化的热爱，从一个方面反映了中日两国文化交流与学术交流的源远流长。

作者自称“纂斯编”的目的在于“以便幼学”（《序》），然而，由于全书具有如上所说的一些客观价值，传世以来颇受各方重视。在中国，光绪、宣统之际也曾不止一次被印行。然而，基于种种原因，却迄今还没有一个较好的整理本。有鉴于此，山东画报出版社特约请山东大学副教授王承略博士，在全面订正字句的基础上，酌予注明资料的出处，并作简要评说。原书图谱，则力求保存原貌，精意印制，以飨读者。

董治安

2002年5月25日于山东大学南园

目録

〇一 原书序一
〇二 原书序二
〇三 原书自序
〇〇一 卷一 草部
〇〇二 参差荇菜
〇〇四 葛之覃兮
〇〇六 葛藟累之
〇〇八 采采卷耳
〇一〇 采采芣苢
〇一二 言刈其蒌
〇一四 于以采蘩
〇一六 言采其蕨
〇一八 言采其薇
〇二〇 于以采蘋
〇二二 于以采藻
〇二四 彼茁者葭
〇二六 彼茁者蓬
〇二八 匏有苦叶
〇三〇 齿如瓠犀
〇三二 八月断壶
〇三六 甘瓠累之
〇三八 采葑采菲
〇四〇 谁谓荼苦
〇四二 采苦采苦
〇四四 其甘如荠
〇四六 隰有苓
〇四八 自牧归荑
〇五〇 墙有茨
〇五二 爰采唐矣

〇五四 言采其蝱
〇五六 绿竹猗猗
〇五八 终朝采绿
〇六〇 葭菼揭揭
〇六二 芄兰之支
〇六四 一苇杭之
〇六六 焉得谖草
〇六八 彼黍离离，彼稷之穗
〇七〇 中谷有蓷
〇七二 彼采萧兮
〇七四 彼采艾兮
〇七六 丘中有麻
〇七八 隰有荷华
〇八〇 隰有游龙
〇八二 茹藘在阪
〇八四 方秉蕑兮
〇八六 赠之以勺药
〇八八 维莠骄骄
〇九〇 言采其莫
〇九二 言采其蒉
〇九四 不能蓺稻粱
〇九六 丰年多黍多稌
〇九八 蔹蔓于野
一〇〇 蒹葭苍苍
一〇二 视尔如荍
一〇四 可以沤纻
一〇六 可以沤菅
一〇八 白华菅兮
一一〇 邛有旨苕
一一二 邛有旨鹝
一一四 果臝之实
一一六 有蒲与荷
一一八 隰有苌楚
一二〇 浸彼苞稂

浸彼苞蓍 一二二
四月秀葽 一二四
六月食郁及薁 一二六
七月烹葵及菽 一二八
七月食瓜 一三〇
献羔祭韭 一三二
黍稷重穋 一三四
九月叔苴 一三六

卷二 草部 一三九

食野之苹 一四〇
食野之蒿 一四二
食野之芩 一四四
南山有台 一四六
北山有莱 一四八
菁菁者莪 一五〇
薄言采芑 一五二
言采其蓫 一五四
言采其葍 一五六
下莞上簟 一五八
匪莪伊蔚 一六〇
茑与女萝 一六二
言采其芹 一六四
终朝采蓝 一六六
苕之华，芸其黄矣 一六八
堇荼如饴 一七〇
维笋及蒲 一七二
薄采其茆 一七四
蓺之荏菽 一七八
维秬维秠 一八二
维糜维芑 一八四
贻我来牟 一八六

爱采麦矣 一八八
以薅荼蓼 一九〇

卷三 木部 一九三

桃之夭夭 一九四
言刈其楚 一九六
蔽芾甘棠 一九八
有杕之杜 二〇〇
摽有梅 二〇二
林有朴樕 二〇四
唐棣之华 二〇六
华如桃李 二〇八
泛彼柏舟 二一〇
吹彼棘心 二一二
山有榛 二一四
树之榛栗 二一六
椅桐梓漆 二一八
降观于桑 二二二
桧楫松舟 二二四
投我以木瓜 二二六
投我以木桃 投我以木李 二二八
不流束蒲 二三〇
无折我树杞 二三二
无折我树檀 二三四
颜如舜华 二三六
山有扶苏 二三八
折柳樊圃 二四〇
山有枢 二四二
隰有榆 二四四
山有栲 二四六
隰有杻 二四八
椒聊之实 二五〇

二五二 集于苞栩
二五四 山有苞栎
二五六 隰有杨
二五八 有条有梅
二六〇 隰有六驳
二六二 隰有树檖
二六四 东门之枌
二六六 猗彼女桑
二六八 六月食郁及薁
二七〇 八月剥枣
二七二 采荼薪樗
二七四 集于苞杞
二七六 常棣之华
二七八 维常之华
二八〇 山有苞棣
二八二 杨柳依依
二八四 南山有杞
二八六 南山有枸
二八八 北山有楰
二九〇 其下维穀
二九二 隰有杞桋
二九四 茑与女萝
二九六 维柞之枝
二九八 柞棫拔矣
三〇〇 榛楛济济
三〇二 其灌其栵
三〇六 其柽其椐
三〇八 其檿其柘
三一〇 梧桐生矣
三一三 卷四 鳥部
三一四 关关雎鸠

三一六 黄鸟于飞
三一八 有鸣仓庚
三二〇 维鹊有巢
三二二 维鸠居之
三二四 谁谓雀无牙
三二六 燕燕于飞
三二八 雄雉于飞
三三〇 雝雝鸣雁
三三二 流离之子
三三四 有鸮萃止
三三六 莫黑匪乌
三三八 鸿则离之
三四〇 鹑之奔奔
三四二 于嗟鸠兮，无食桑葚
三四四 鸡栖于埘
三四六 弋凫与雁
三四八 肃肃鸨羽
三五〇 鴥彼晨风
三五二 维鹈在梁
三五四 鸤鸠在桑
三五六 七月鸣鵙
三五八 鸱鸮鸱鸮
三六〇 鹤鸣于垤
三六二 翩翩者鵻
三六四 脊令在原
三六六 鴥彼飞隼
三六八 鹤鸣九皋
三七〇 如翚斯飞
三七二 宛彼鸣鸠
三七四 交交桑扈
三七六 弁彼鸒斯
三八〇 匪鹑匪鸢
三八二 鸳鸯于飞
三八四 有集维𫛭

三八六 有鷙在梁
三八八 时维鹰扬
三九〇 凫鹥在泾
三九二 凤凰于飞
三九四 振鹭于飞
三九六 肇允彼桃虫
三九九 卷五 獸部
四〇〇 我马虺隤
四〇二 麟之趾
四〇四 谁谓鼠无牙
四〇六 羔羊之皮
四〇八 野有死麕
四一〇 无使尨也吠
四一二 壹发五豵
四一四 于嗟乎驺虞
四一六 有力如虎
四一八 莫赤匪狐
四二〇 象之揥也
四二二 羊牛下来
四二四 有兔爰爰
四二六 并驱从两狼兮
四二八 有县貆兮
四三〇 一之日于貉
四三二 取彼狐狸
四三四 呦呦鹿鸣
四三六 象弭鱼服
四三八 维熊维罴
四四〇 投畀豺虎
四四二 毋教猱升木
四四四 匪兕匪虎
四四六 有猫有虎 献其貔皮 赤豹黄罴

四四九 卷六 蟲部
四五〇 螽斯羽诜诜兮
四五二 喓喓草虫
四五四 趯趯阜螽
四五六 领如蝤蛴
四五八 螓首蛾眉
四六〇 苍蝇之声
四六二 营营青蝇
四六四 蟋蟀在堂
四六六 蜉蝣之羽
四六八 五月鸣蜩
四七〇 如蜩如螗
四七二 六月莎鸡振羽
四七四 蚕月条桑
四七六 蜎蜎者蠋
四七八 伊威在室
四八〇 蠨蛸在户
四八二 熠燿宵行
四八四 胡为虺蜴
四八八 维虺维蛇
四九〇 螟蛉之子，蜾蠃负之
四九二 为鬼为蜮
四九四 去其螟螣，及其蟊贼
四九六 卷发如虿
四九八 莫予荓蜂
五〇一 卷七 魚部
五〇二 鲂鱼赪尾
五〇四 鳣鲔发发
五〇六 其鱼鲂鳏
五〇八 其鱼鲂𫚉

必河之鲤 五一〇
九罭之鱼，鳟鲂 五一二
鱼丽于罶，鲿鲨 五一四
鱼丽于罶，鲂鳢 五一六
鱼丽于罶，鰋鲤 五一八
南有嘉鱼 五二〇
炰鳖脍鲤 五二二
我龟既厌 五二四
成是贝锦 五二六
锡我百朋 五二八
鼍鼓逢逢 五三〇
龙旂阳阳 五三二
鲦鲿鰋鲤 五三四
原书跋 五三六

原书序一

《五经》旧有图解，其用既多，而《诗》为其最。盖“六义”所取鸟兽草木，一动一静，一枯一荣，细悉纤浓，靡所不至，非有图解，则其言愈繁，其义愈隐矣。或曰，学者苟省察“六义”所取，以通达其归趣，则何必问区区形容哉？固矣！夫为《诗》也。夫关雎、驺虞者，物也；有别、不杀者，性也。诗人取以为义，则亦其义也。若欲知其义，而不求于其性，则将安乎取之？是故欲知其义者，先求于其性；欲求于其性者，先求于其物；欲求于其物者，先求于其形；其形不可常得，图解其庶几乎！《诗》云：“虽无老成人，尚有典刑。”此之谓也。今也架空设心，以为诗人博物，应定有其物，有其义，而果如各篇所咏，未可必用屑屑焉。根寻其然否，斯亦足矣。是犹矮人观场，从人啼笑，问之则曰：“前人岂欺我哉！”省察云，通达云，簾视壁听，居然隔一层焉。浪华冈氏元凤所著《毛诗品物图考》，辨紫朱于似，指獐鹿不谬，爬罗剔抉，殆无遗憾。顷日京板既成，邮书索言，予喜其有益于《诗》学不鲜，故序以告于学夫《诗》者如此。

天明四年甲辰冬十月五日

西播那波师曾撰并书

原书序二

尝闻一物不知，儒者之耻。士人束发受书，足不出户庭，交不出里巷，孤陋寡闻，所不能免，安得合天下之大，极庶类之繁，一一尽知其名象哉！有如四足而毛者，吾知其为兽也，然兽之名不一，即兽之象不一；二足而羽者，吾知其为鸟也，然鸟之名不同，即鸟之象不同。推之草木虫鱼，厥状各殊，亦复更仆难数，此多识之学，所宜亟讲也。《毛诗》三百篇，备兴观群怨之旨，赅政治风化之全，原不徒沾沾于一名一物之细，遂谓可毕乃事。然而圣学高深，不遗识小，儒生考订，历有专家，何得以其绪余而忽之！东瀛浪华冈氏元凤，著有《毛诗品物图考》一书，采择则汇集诸说，考订则折衷先贤，不特标其名，且为图其象，俾阅者开卷了然。综见见闻闻之类，极形形色色之奇，罔不搜采备至，诚有《尔雅》所不及载，《山经》所不及详者。吁！大观哉！学者由是而扩充之，则溯流穷源，顾名思义，因形象而求意理，因意理而得指归，虽欲贯通乎全诗不难，岂仅为博物之一助耶？将付石印，以公同好，问序于余，因为撮其大旨如此。

光绪丙戌年孟冬之月

赐进士出身翰林院编修戴兆春书

原书自序

夫情缘物动，物感情迁，《诗》三百篇，触于物而之于情者也，而情岂有古今哉！自名物不覈，读《诗》者滞其义，或觉不近于人情，故名之与物，不可不辨也。世代变迁，异称殊训，注家所传，本亦不同。绿竹之猗为草为苞，隰有六驳或动或植，疑似混淆，莫之能正，末说纷纭，愈出愈乱，名之不明，物其竟晦矣。彼已愦愦，况我东方乎？讹传经久，沿习相袭，处乎千载之下，居乎万里之外，嗟亦难道也。世之学者乃谓古今之异，华和之分，何以能识而辨之，远道于此，非通儒之所为，盖其言则是矣。虽然，此言一出，其可识者均附之于不可识而止，《诗》之名物竟不可辨也。余惟泰媪之覆载，日辰之附丽，风云雨露之行施，河海山岳之流峙，今视犹古也。而夭者乔者，翔者走者，鸣而跃者，响沫而潜者，蠢然蕃殖其间，岂又有古今异种哉！且夫我之于华，地方虽殊，风气极类，土产品物略备。夫著唔唔，传忞忞，苟能求焉，未有不合者也。订其讹，征其实，溯而洄焉，则视亦犹古也耶，然后田畯、红女之喁喁乃可以见已。近世一二儒先称首及之，辨殆匡正，余便纂斯编以便幼学，固欲一览易晓，不要末说相轧。毛、郑、朱三家为归，有异同者会稡群书而折之，采择其物，图写其形，要亦识其可识者耳，而不可识者阙如，庶为读《诗》之一助也。

浪华冈元凤撰

卷一

草部

参差荇菜，左右流之。

参差荇菜

周南·关雎

关关雎鸠，在河之洲。窈窕淑女，君子好逑。
参差荇菜，左右流之。窈窕淑女，寤寐求之。
求之不得，寤寐思服。悠哉悠哉，辗转反侧。
参差荇菜，左右采之。窈窕淑女，琴瑟友之。
参差荇菜，左右芼之。窈窕淑女，钟鼓乐之。

参差，长短不齐的样子。荇（xìng）菜，亦作莕菜，水生，可食。

《颜氏家训·书证篇》以为荇菜即水草，圆叶细茎，随水浅深。凡有水的地方都有荇菜，开黄花。蓴（chún），莼的俗体字。

罗愿《尔雅翼》认为荇菜叶圆而稍羡，不若蓴之极圆。冈元凤言日本的荇菜叶圆而稍羡，不若蓴之尖。蓴菜在中国叶圆，在日本叶尖，冈元凤认为是土产之异。

*《传》，指汉初毛亨的《毛诗故训传》，此书是《毛诗》学派的奠基之作。

*《集传》，指宋朱熹的《诗集传》，此书也是《诗经》学史上的经典之作。

*罗愿，宋人，著《尔雅翼》。

毛詩品物圖攷卷一

浪華岡元鳳纂輯

草部

參差荇菜

傳荇接余也集傳根生水底莖如釵股上青下白葉紫赤圓徑寸餘浮在水面○顏氏家訓今荇菜是水有之黃華似蓴按此方荇葉圓而稍羨又不若蓴之尖也彼中書多言蓴似荇而圓蓋土產之異也

葛之覃兮
傳葛所以為絺綌也

葛之覃兮

周南·葛覃

葛之覃兮，施于中谷，维叶萋萋。
黄鸟于飞，集于灌木，其鸣喈喈。
葛之覃兮，施于中谷，维叶莫莫。
是刈是濩，为絺为绤，服之无斁。
言告师氏，言告言归。
薄汙我私，薄澣我衣。
害澣害否，归宁父母。

葛，一种蔓生纤维科植物，皮纤维可用来织布。絺（chī），细葛布。绤（xī），粗葛布。

葛藟累之

周南·樛木

南有樛木，葛藟累之。乐只君子，福履绥之。
南有樛木，葛藟荒之。乐只君子，福履将之。
南有樛木，葛藟萦之。乐只君子，福履成之。

藟（lěi），《广雅·释草》释为藤，郭璞《尔雅注》认为似葛而粗大，孔颖达《毛诗正义》以为藟与葛异，亦葛之类。冈元凤则认为毛《传》不曾解释藟，则藟与葛为同物。累，系、缠绕。

葛藟櫐之
集傳藟葛類
毛氏無解乃知
葛藟是一類不
應解為別物

采采卷耳

傳卷耳苓耳
也集傳枲耳
葉如鼠耳叢
生如盤

采采卷耳

周南·卷耳

采采卷耳，不盈顷筐。
嗟我怀人，寘彼周行。
陟彼崔嵬，我马虺隤。
我姑酌彼金罍，维以不永怀。
陟彼高冈，我马玄黄。
我姑酌彼兕觥，维以不永伤。
陟彼砠矣，我马瘏矣，
我仆痡矣，云何吁矣。

采采，繁盛的样子，形容卷耳之多。卷耳，一年生草本植物，今名苍耳，嫩苗可食，籽可入药。因此诗怀人之故，后又得名常思菜。苓，音líng。枲，音xǐ。《集传》之说，取自郭璞《尔雅注》。

采采芣苢

周南 · 芣苢

采采芣苢，薄言采之。
采采芣苢，薄言有之。
采采芣苢，薄言掇之。
采采芣苢，薄言捋之。
采采芣苢，薄言袺之。
采采芣苢，薄言襭之。

芣苢（fú yǐ），即车前草，古人以为其籽可以治妇女不孕和难产。《集传》之说，取自郭璞《尔雅注》。

采采芣苢

傳芣苢馬舄馬舄
車前也集傳大葉
長穗好生道旁

言刈其蔞

傳蔞草中之翹翹然集傳蔞蔞蒿也葉似艾青白色長數寸生水澤中○集傳依陸疏數寸下當補入高丈餘三字蔞蒿和謂之沼蒿又名伊吹艾江州伊吹山多生

言刈其蒌

周南·汉广

南有乔木，不可休思。汉有游女，不可求思。
汉之广矣，不可泳思。江之永矣，不可方思。
翘翘错薪，言刈其楚。之子于归，言秣其马。
汉之广矣，不可泳思。江之永矣，不可方思。
翘翘错薪，言刈其蒌。之子于归，言秣其驹。
汉之广矣，不可泳思。江之永矣，不可方思。

言，语助词。刈（yì），割。蒌，音 lóu。蒌蒿在日本称为沼蒿，江州的伊吹山多有，故又称为伊吹艾。

* 陆《疏》，指三国吴陆玑的《毛诗草木鸟兽虫鱼疏》，此书是第一部专言《毛诗》名物的专著。

于以采蘩

召南·采蘩

于以采蘩，于沼于沚。
于以用之？公侯之事。
于以采蘩？于涧之中。
于以用之？公侯之宫。
被之僮僮，夙夜在公。
被之祁祁，薄言还归。

于以，何处。蘩，同《豳风·七月》“春日迟迟，采蘩祁祁”之“蘩”，毛《传》：“蘩，白蒿也，所以生蚕。”白蒿可用来制作养蚕的工具“箔”。邢昺所说，见《尔雅注疏》卷八《释草》。

冈元凤认为蘩因繁衍易生而得名，有人以白艾为蘩，但白艾在佐渡州之外并不茂生，所以蘩不是白艾。陆《疏》云“凡艾白色为皤蒿”，为白艾为蘩者之所本。

于以采蘩

傳蘩皤蒿也集傳白蒿也○邢昺云皤猶白也白蒿此云蒿華刺髮髮哥或以出佐渡州白艾為蘩按蘩繁衍易生之草因以得名白艾在他州難茂生為不實當

言采其蕨

傳蕨虌也集傳初生無葉時可食

言采其蕨

召南·草虫

喓喓草虫，趯趯阜螽。
未见君子，忧心忡忡；
亦既见止，亦既觏止，我心则降。
陟彼南山，言采其蕨。
未见君子，忧心惙惙；
亦既见止，亦既觏止，我心则说。
陟彼南山，言采其薇。
未见君子，我心伤悲；
亦既见止，亦既觏止，我心则夷。

蕨（jué），指蕨类山菜，可食。鳖（biē），蕨的别称，陆《疏》："蕨，鳖也，山菜也。周、秦曰蕨，齐、鲁曰鳖。"蕨初生之状如鳖脚，故又称鳖。

言采其薇

召南·草虫

原诗见「言采其蕨」条。（页〇一七）

薇，巢菜，又名野豌豆。

言采其薇

傳薇菜也集傳似蕨而差大有芒而苦山間人食之謂之迷蕨

于以采蘋

傳蘋大蓱也集傳水上浮萍也江東人謂之薸〇毛氏與爾雅蓱蓱其大者蘋其說相合朱傳誤以小萍為大萍說者不一羅願謂四葉菜為蘋李時珍亦和之蘋浮水上者四葉菜托根水底非萍之屬陳藏器云蘋葉圓闊寸許葉下有一點如水沫一名芣菜此說為得芣菜此方亦呼水鼈

羅願所說蘋四葉菜即田字草

于以采蘋

召南·采蘋

于以采蘋？南涧之滨。
于以采藻？于彼行潦。
于以盛之？维筐及筥。
于以湘之？维锜及釜。
于以奠之？宗室牖下。
谁其尸之？有齐季女。

蘋，蕨类水生植物，陆《疏》："今水上浮萍是也。其粗大者谓之蘋，小者曰萍。"苏敬《唐本草》以为萍有三种，大者蘋，中者荇菜，小者即水上浮萍。朱《传》所说，即取自郭璞《尔雅注》。但郭璞所注，乃萍，非蘋，故冈元凤言朱《传》误以小萍为大萍。

罗愿《尔雅翼》卷六："萍，蓱。其大者蘋，叶正四方，中折如十字，根生水底，叶敷水上，不若小浮萍之无根而漂浮也。"罗愿所说的蘋就是四叶菜，即田字草，冈元凤认为是错误的。冈元凤认为四叶菜有根，蘋浮生水上，无根。所以又绘出了四叶菜的图加以比较。

* 李时珍，明人，著《本草纲目》。
* 陈藏器，唐人，著《本草拾遗》。

于以采藻

召南·采蘋

原诗见「于以采蘋」条。（页〇二一）

藻，水生植物。《毛诗正义》引陆《疏》：“藻，水草也，生水底。有二种：其一种叶如鸡苏，茎大如箸，长四五尺；其一种茎大如钗股，叶如蓬蒿，谓之聚藻。”

徐鼎《毛诗名物图说》曰：“叶生于茎，一二寸，两两对生，即陆玑所谓叶如鸡苏者是也。叶细，节节相生，即《传》云聚藻是也。”

于以采藻

傳藻聚藻也集傳生水底

莖如釵股葉如蓬蒿

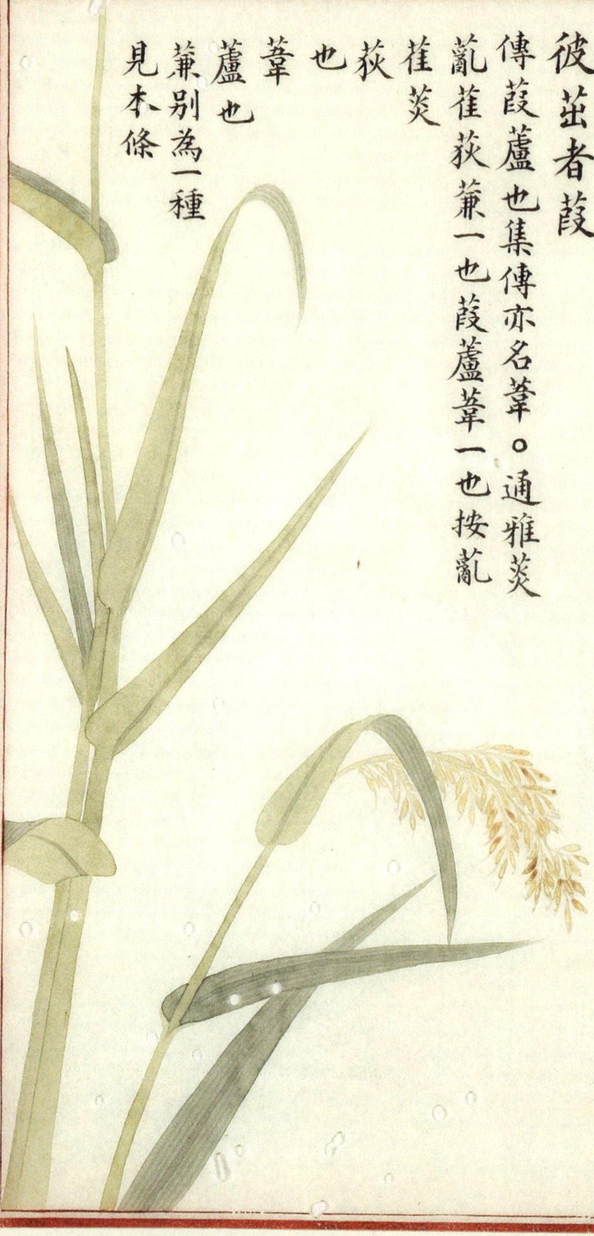

萑菼荻也葭葦蘆也蒹別為一種見
本條
彼茁者葭
傳葭蘆也集傳亦名葦○通雅菼
薍萑荻蒹一也葭蘆葦一也按薍
萑菼
荻
也
葦
蘆也
蒹別為一種
見本條

彼茁者葭

召南·驺虞

彼茁者葭，壹发五豝，于嗟乎驺虞！

彼茁者蓬，壹发五豵，于嗟乎驺虞！

葭（jiā），《说文》："苇之未秀者。"毛《传》："苇之初生曰葭，未秀曰芦，长成曰苇。"

菼（tǎn），初生的荻。薍（wàn），长大的荻。萑（huán），长成的荻。蒹（jiān），细长的水草。

徐鼎《毛诗名物图说》曰："葭类不一，其实三种。中空、皮薄、色白者，葭也，芦也，苇也。因其始生、未秀、长成，故异其名，一也。似苇而小，中空、皮厚、色苍者，菼也，萑也，萑也，荻也。可为曲薄者，一也。似苇而细，高数尺而中实者，蒹也。今以之作薕茄，一也。"又曰："《诗》中所称有五：葭与苇也，蒹也，菼与萑也。"冈元凤以薍、萑、菼、荻为一类，葭、苇、芦为一类，蒹别为一种，与徐鼎之说略同。然《说文》释蒹为"萑之未秀者"，《广韵》释蒹为"荻未秀"，颜师古《汉书注》释蒹为荻，则先儒也往往视蒹、荻为同类。方以智把五草作为一类，是有原因的。

*《通雅》五十二卷，清方以智撰。

彼茁者蓬

召南·驺虞

原诗见「彼茁者葭」条。（页〇二五）

蓬，状如白蒿，其花至秋随风飘扬，称为飞蓬。《卫风·伯兮》："自伯之东，首如飞蓬。"《集传》所释，即《伯兮》之"首如飞蓬"。

彼茁者蓬

傳蓬草名也集傳其華如柳絮聚而飛如亂髮也○蓬生水澤葉如瞿麥花如初綻野菊後作絮而飛所謂飛蓬也

匏有苦葉

傳匏謂之瓠瓠葉苦不可食也集傳匏瓠也匏之苦者不可食特可佩以渡水而已○埤雅長而瘦小曰瓠短頸大腹曰匏按匏苦瓠甘本是兩種只以味定之不可以形狀分别也

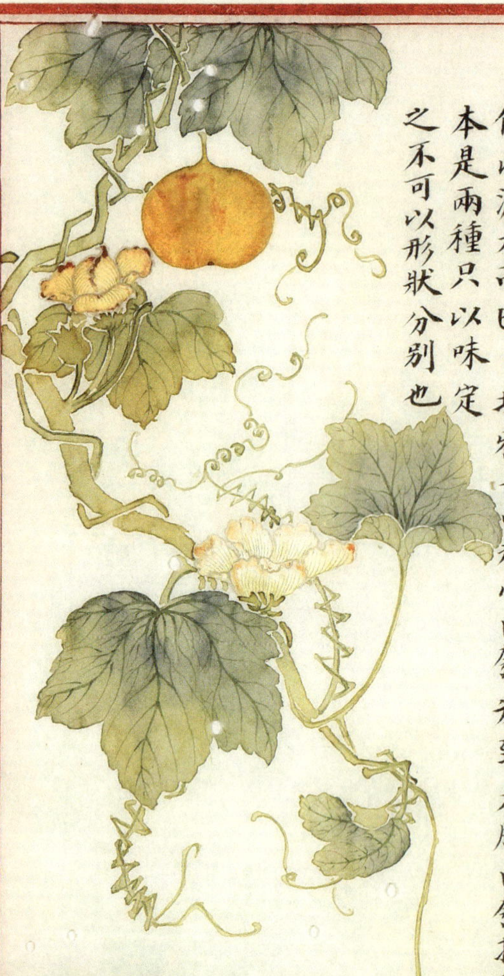

匏有苦葉

匏有苦叶，济有深涉。
深则厉，浅则揭。
有浾济盈，有鷕雉鸣。
济盈不濡轨，雉鸣求其牡。
雝雝鸣雁，旭日始旦。
士如归妻，迨冰未泮。
招招舟子，人涉卬否。
人涉卬否，卬须我友。

匏（páo），葫芦。苦，通枯。《说文》匏、瓠互训，不言以形别，亦不言以味别。然陆佃说："匏苦瓠甘，复有长短之殊，定非一物。"冈元凤则认为匏、瓠为两物，只可以味定，不可以形别。

*《埤雅》二十卷，宋陆佃撰。

齿如瓠犀

卫风·硕人

硕人其颀，衣锦褧衣，
齐侯之子，卫侯之妻，
东宫之妹，邢侯之姨，谭公维私。
手如柔荑，肤如凝脂，
领如蝤蛴，齿如瓠犀，
螓首蛾眉，巧笑倩兮，美目盼兮。
硕人敖敖，说于农郊。
四牡有骄，朱帻镳镳，翟茀以朝。
大夫夙退，无使君劳。
河水洋洋，北流活活。
施罛涉涉，鳣鲔发发，葭菼揭揭。
庶姜孽孽，庶士有朅。

瓠犀，葫芦籽。

齒如瓠犀

瓠見匏條

八月斷壺

傳壺瓠也○見匏

八月斷壺

豳风·七月

七月流火，九月授衣。一之日觱发，二之日栗烈。
无衣无褐，何以卒岁？三之日于耜，四之日举趾，
同我妇子，馌彼南亩，田畯至喜。

七月流火，九月授衣。春日载阳，有鸣仓庚。
女执懿筐，遵彼微行，爰求柔桑。
春日迟迟，采蘩祁祁。女心伤悲，殆及公子同归。

七月流火，八月萑苇。
蚕月条桑，取彼斧斨，以伐远扬，猗彼女桑。
七月鸣鵙，八月载绩。载玄载黄，我朱孔阳，为公子裳。

四月秀葽，五月鸣蜩。八月其穫，十月陨萚。
一之日于貉，取彼狐狸，为公子裘。

毛《传》云“壶，瓠也”，明壶借为瓠。

二之日其同，载缵武功，言私其豵，献豣于公。
〇五月斯螽动股，六月莎鸡振羽。
七月在野，八月在宇，九月在户，十月蟋蟀入我床下。
穹窒熏鼠，塞向墐户。嗟我妇子，曰为改岁，入此室处。
〇六月食郁及薁，七月亨葵及菽。八月剥枣，十月获稻。
为此春酒，以介眉寿。七月食瓜，八月断壶，九月叔苴。
采荼薪樗，食我农夫。
〇九月筑场圃，十月纳禾稼，黍稷重穋，禾麻菽麦。
嗟我农夫，我稼既同，上入执宫功。
昼尔于茅，宵尔索绹，亟其乘屋，其始播百谷。
〇二之日凿冰冲冲，三之日纳于凌阴。
四之日其蚤，献羔祭韭。九月肃霜，十月涤场。
朋酒斯飨，曰杀羔羊。跻彼公堂，称彼兕觥，万寿无疆。

甘瓠纍之

集傳東萊呂氏曰瓠有甘有苦甘瓠則可食者也○見匏

甘瓠累之

小雅·南有嘉鱼

南有嘉鱼，烝然罩罩。
君子有酒，嘉宾式燕以乐。
南有嘉鱼，烝然汕汕。
君子有酒，嘉宾式燕以衎。
南有樛木，甘瓠累之。
君子有酒，嘉宾式燕绥之。
翩翩者雏，烝然来思。
君子有酒，嘉宾式燕又思。

东莱吕氏，指南宋吕祖谦，撰《吕氏家塾读诗记》。

采葑采菲

邶风·谷风

习习谷风，以阴以雨。黾勉同心，不宜有怒。
采葑采菲，无以下体。德音莫违，「及尔同死」。
行道迟迟，中心有违。不远伊迩，薄送我畿。
谁谓荼苦，其甘如荠。宴尔新昏，如兄如弟。
泾以渭浊，湜湜其沚。宴尔新昏，不我屑以。
毋逝我梁，毋发我笱。我躬不阅，遑恤我后。
就其深矣，方之舟之；就其浅矣，泳之游之。
何有何亡，黾勉求之；凡民有丧，匍匐救之。
不我能慉，反以我为雠。既阻我德，贾用不售。
昔育恐育鞫，及尔颠覆。既生既育，比予于毒。
我有旨蓄，亦以御冬。宴尔新昏，以我御穷。
有洸有溃，既诒我肄。不念昔者，伊余来塈。

葑，又名葑苁、须从、蔓菁、芜菁。茎粗叶大而厚阔，夏初起苔，开紫花。结荚如芥子，匀圆亦似芥子，紫赤。根长而白，形似萝蔔。四时皆可食，春食苗，夏食心，秋食茎，冬食根。据陈淏子《花镜》记载，三国时诸葛亮行军止处，令士卒随地栽之，人、马皆得食，故此菜又名诸葛菜。菲，又名芴、葸菜、䓘芦葩、莱菔，《毛诗正义》引陆《疏》："菲似葍，茎粗，叶厚而长，有毛。三月中烝鬻为茹，滑美可作羹。幽州人谓之芴，《尔雅》谓之葸菜，今河内人谓之宿菜。"菲极似萝蔔，野地自生，宿根不断，冬春皆可采食，故云葸菜，又称宿菜。

麄（cū），同粗。飧（sūn）芜，即酸模。

*《笺》，指郑玄《毛诗传笺》。

采葑采菲

菲未詳

傳葑須也菲芴也箋此二菜者蔓菁與葍之類也皆上下可食然而其根有美時有惡時采之者不可以根惡時并棄其葉集傳葑蔓菁也菲似葍莖麤葉厚而長有毛〇爾雅須蕵蕪註似羊蹄葉細酢可食然則須今思各莫拔姑也集傳從鄭氏云蔓菁則今菡不賴也二說不同

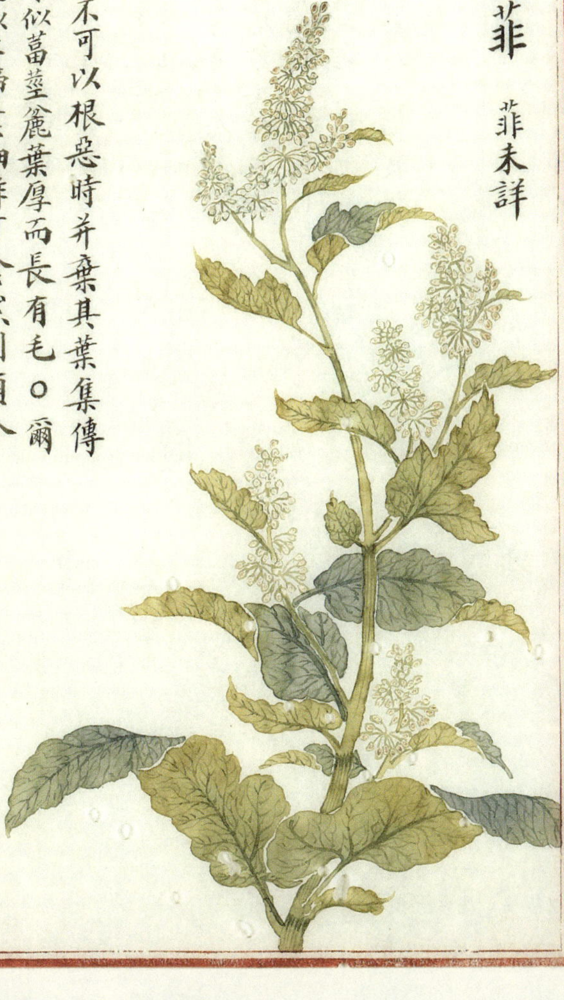

誰謂荼苦

傳荼苦菜也集傳苦菜蓼屬也○爾雅疏此味苦可食之菜易緯通卦驗玄圖云苦菜生於寒秋經冬歷春乃成月令孟夏苦菜秀是也嚴緝經有三荼一曰苦菜二曰委葉三曰英荼此苦及唐采苦采苦緜菫荼如飴皆苦菜也良耜以薅荼蓼委葉也鄭有女如荼英荼也鴟鴞予所捋荼傳云芺苕疏云薍之秀穗亦英荼之類集傳蓼屬恐與良耜荼蓼混

誰謂荼苦

邶风·谷风

原诗见「采葑采菲」条。（页〇三八）

严粲认为《诗经》中的“荼”有三种，即苦菜、委叶、英荼。《唐风·采苓》“采苦采苦”，《大雅·绵》“堇荼如饴”指的是苦菜；《周颂·良耜》“以薅荼蓼”指的是委叶；《郑风·出其东门》“有女如荼”、《豳（bīn）风·鸱鸮》“予所捋荼”指的是英荼。

* 《月令》，《礼记》中的一篇。
* 严《缉》，指宋严粲的《诗缉》。

采苦采苦

唐风·采苓

采苓采苓，首阳之颠。
人之为言，苟亦无信。
舍旃舍旃，苟亦无然。
人之为言，胡得焉。
采苦采苦，首阳之下。
人之为言，苟亦无与。
舍旃舍旃，苟亦无然。
人之为言，胡得焉。
采葑采葑，首阳之东。
人之为言，苟亦无从。
舍旃舍旃，苟亦无然。
人之为言，胡得焉。

苦，即荼，苦菜，《集传》解释苦菜多生于山田及沼泽地，经霜之后，味道甜脆甘美，此采陆《疏》之说。

采苦采苦 見茶

傳苦苦菜也集傳生山田及澤中得霜甜脆而美

其甘如薺

集傳薺甘菜

其甘如荠

邶风·谷风

原诗见「采葑采菲」条。（页〇三八）

荠（jì），荠菜，一种有甜味的菜。

隰有苓

邶风·简兮

简兮简兮，方将万舞。日之方中，在前上处。
硕人俣俣，公庭万舞。有力如虎，执辔如组。
左手执籥，右手秉翟。赫如渥赭，公言锡爵。
山有榛，隰有苓。云谁之思，西方美人。
彼美人兮，西方之人兮。

隰（xí），低湿的地方。苓，余冠英《诗经选》释作卷耳，程俊英《诗经注析》释作甘草，聂石樵《诗经新注》释作黄药。《集传》与《尔雅注》同，认为是甘草。

沈存中，即沈括，宋朝人，著《梦溪笔谈》《苏沈良方》。郭，指郭璞，《尔雅注》的作者。

隰有苓

傳苓大苦集傳苓一名大苦葉似地黄即今甘草也○集傳從爾雅註而形狀不類藥中甘草沈存中乃謂黄藥也郭必別有所指

自牧歸荑

傳荑茅之始生也　茅春生芽如針謂之茅針

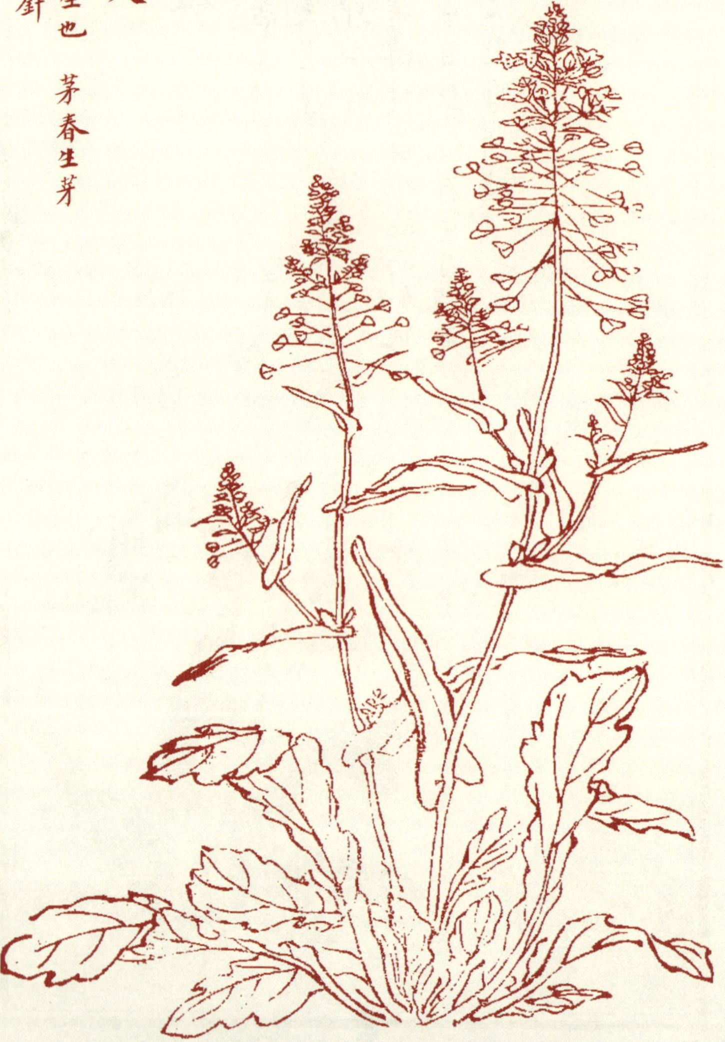

自牧歸荑

邶风·静女

静女其姝，俟我于城隅。爱而不见，搔首踟蹰。

静女其娈，贻我彤管。彤管有炜，说怿女美。

自牧归荑，洵美且异。匪女之为美，美人之贻。

牧，郊外。归，通馈，赠送。荑（tí），初生的茅草。

墙有茨

鄘风·墙有茨

墙有茨，不可埽也。
中冓之言，不可道也。所可道也，言之丑也。
墙有茨，不可襄也。
中冓之言，不可详也。所可详也，言之长也。
墙有茨，不可束也。
中冓之言，不可读也。所可读也，言之辱也。

茨（cí），蒺藜。
清陈启源《毛诗稽古编》：“蒺藜有二种，子有三角刺人者，杜蒺藜也；子大如脂麻，状如羊肾者，白蒺藜也。出同州沙苑牧马处。杜蒺藜布地蔓生，或生墙上，有小黄花，《诗·墙有茨》指此。”
《集传》之说，取自郭璞《尔雅注》。

牆有茨

傳茨蒺藜也集傳蔓生細葉子有三角刺人

爰采唐矣

傳唐蒙菜名集傳唐蒙菜也一名菟絲○爾雅唐蒙女蘿女蘿菟絲孫炎分三名郭璞别四名其異在唐與蒙也邢昺云詩直言唐而傳云唐蒙也是以蒙解唐也則四名為得頬弁女蘿是松蘿即與唐異

爰采唐矣

鄘风·桑中

爰采唐矣？沬之乡矣。云谁之思？美孟姜矣。期我乎桑中，要我乎上宫，送我乎淇之上矣。

爰采麦矣？沬之北矣。云谁之思？美孟弋矣。期我乎桑中，要我乎上宫，送我乎淇之上矣。

爰采葑矣？沬之东矣。云谁之思？美孟庸矣。期我乎桑中，要我乎上宫，送我乎淇之上矣。

爰，“于焉”的合音，意思是在何处。唐，蒙菜，一般认为唐、蒙、女萝、菟丝名异而实同，冈元凤认为菟丝、女萝有别。《頍弁》，《小雅》篇名，“茑与女萝，施于松柏”中的“女萝”，冈元凤认为是松萝，与菟丝不是同一物。《埤雅》曰：“在草为菟丝，在木为女萝。”则冈元凤所言，亦为有据。

* 孙荅，当作孙炎，三国魏时人，有《尔雅注》。孙炎分三名，则孙炎以唐蒙联读，为一物，与女萝、菟丝为三名。

言采其蝱

鄘风·载驰

载驰载驱，归唁卫侯。驱马悠悠，言至于漕。
大夫跋涉，我心则忧。
既不我嘉，不能旋反。视尔不臧，我思不远。
既不我嘉，不能旋济。视尔不臧，我思不閟。
陟彼阿丘，言采其蝱。女子善怀，亦各有行。
许人尤之，众稚且狂。
我行其野，芃芃其麦。控于大邦，谁因谁极。
大夫君子，无我有尤。百尔所思，不如我所之。

蝱（méng），莔的假借字。《尔雅》："莔，贝母。"徐锴《说文解字系传》："《本草》：贝母一名莔，根形如聚贝子，安五藏，治目眩、项直不得返顾。"

言采其蝱

傳蝱貝母也集傳主療鬱結之疾○貝母令多有之名捌紫由栗莖葉俱如百合花類網鈴蘭心根聚貝子

綠竹猗猗

傳綠王芻也竹萹竹也集傳綠色也淇上多竹漢世猶然所謂淇園之竹是也○綠竹之解集傳為勝但毛氏舊說不可不存焉

綠竹猗猗

卫风·淇奥

瞻彼淇奥，绿竹猗猗。有匪君子，如切如磋，如琢如磨。
瑟兮僩兮，赫兮咺兮。有匪君子，终不可谖兮。

瞻彼淇奥，绿竹青青。有匪君子，充耳琇莹，会弁如星。
瑟兮僩兮，赫兮咺兮。有匪君子，终不可谖兮。

瞻彼淇奥，绿竹如箦。有匪君子，如金如锡，如圭如璧。
宽兮绰兮，猗重较兮，善戏谑兮，不为虐兮。

《传》解释“绿”为王刍，“竹”为萹竹。绿竹是两种草。《唐本草》以为“王刍”是一种叶子似竹而比竹细薄，茎干也较竹圆小的植物，常常长在溪涧水流旁，一名荩草。《集传》以为“绿”是指竹的色彩，淇水边多生竹。冈元凤认为《集传》所释更胜一筹。

按，朱《传》虽较胜，但《尔雅》、毛《传》、《韩诗》、《鲁诗》皆作二草解，是则先秦两汉旧说一致，实不可废。冈元凤说不可不存，甚是。

終朝采綠

小雅·采绿

终朝采绿，不盈一匊。予发曲局，薄言归沐。

终朝采蓝，不盈一襜。五日为期，六日不詹。

之子于狩，言韔其弓。之子于钓，言纶之绳。

其钓维何？维鲂及鲊。维鲂及鲊，薄言观者。

终朝，整个早晨。匊，同掬。

終朝采綠 見前

箋綠王芻也易得之菜也

葭菼揭揭

傳菼薍也集傳亦謂之荻○孔疏初生者為菼長大為薍成則為萑

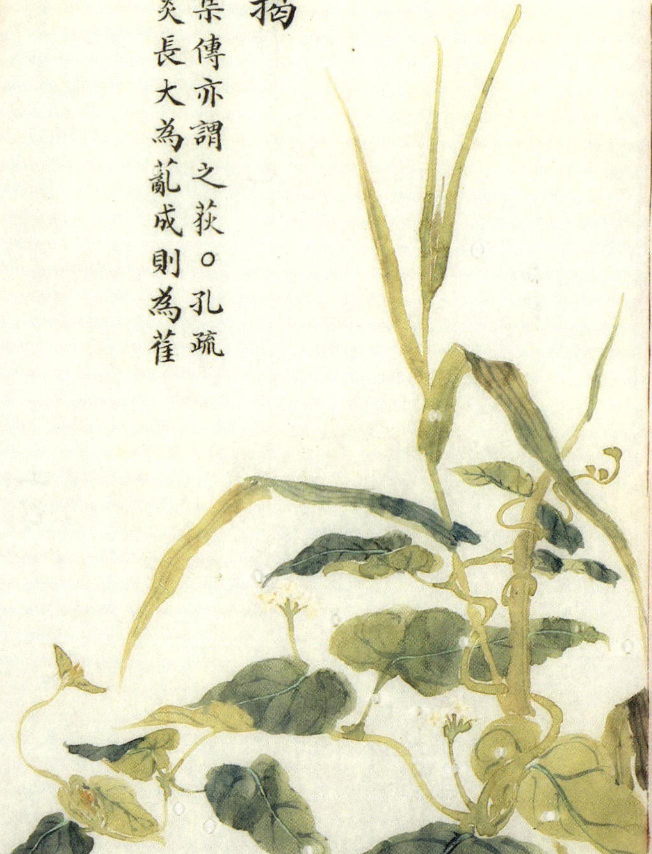

葭菼揭揭

卫风·硕人

原诗见「齿如瓠犀」条。（页〇三〇）

葭菼，解释详见前文“彼茁者葭”。揭揭，芦荻修长的样子。孔《疏》，指唐孔颖达的《毛诗正义》。孔颖达认为初生的荻草称作“菼”，长大后称作“萑”，成熟以后称作“萑”。

芄蘭之支

卫风·芄兰

芄兰之支，童子佩觿。
虽则佩觿，能不我知。
容兮遂兮，垂带悸兮。
芄兰之叶，童子佩韘。
虽则佩韘，能不我甲。
容兮遂兮，垂带悸兮。

芄（wán）兰，蔓生植物，《集传》认为芄兰又名萝藦，折断后有白色的汁液流出，可以吃。朱熹的说法，取自郭璞《尔雅注》。清人焦循认为就是田野间叫作“麻雀官”的那种草，它的果实类似豆荚的形状。支，即枝，植物的茎。

芄蘭之支

傳芄蘭草也集傳一名蘿藦蔓生斷之有白汁可啖

一葦杭之

見葭

集傳葦蒹葭之屬

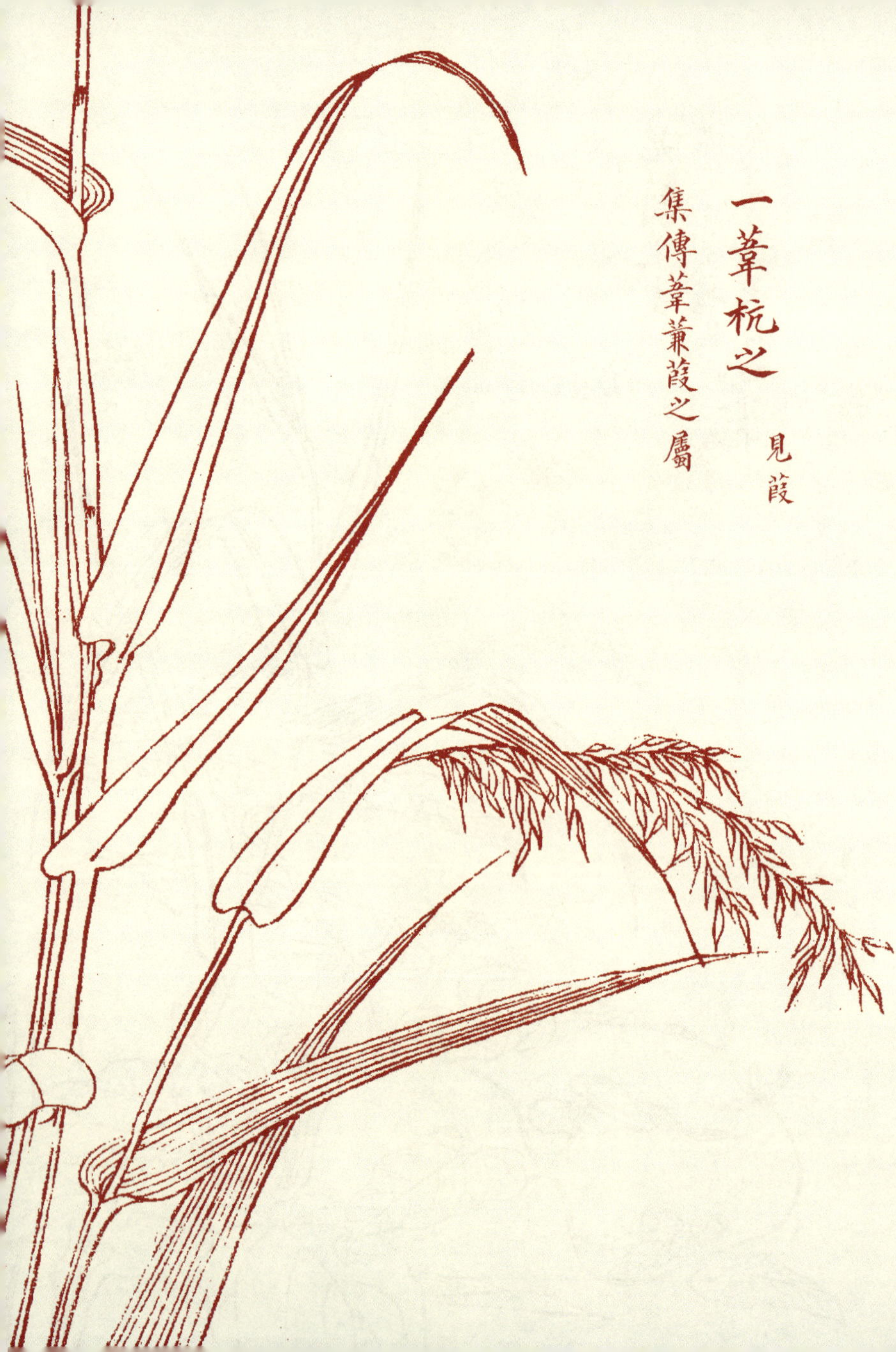

一苇杭之

卫风·河广

谁谓河广？一苇杭之。
谁谓宋远？跂予望之。
谁谓河广？曾不容刀。
谁谓宋远，曾不崇朝。

苇，即芦苇。一苇，用芦苇编成的筏子。杭通航。

焉得谖草

卫风·伯兮

伯兮朅兮，邦之桀兮。伯也执殳，为王前驱。
自伯之东，首如飞蓬。岂无膏沐，谁适为容？
其雨其雨，杲杲日出。愿言思伯，甘心首疾。
焉得谖草，言树之背。愿言思伯，使我心痗。

焉，何。谖（xuān），忘。谖草，又作萱草，令人忘忧之草。程俊英《诗经注析》以为就是黄花菜、金针菜。合欢，又名蠲忿，树似梧桐，枝条柔弱，叶子像槐荚，细小而且繁密，五月开红白花。古代以合欢赠人，认为可以消怨合好。

焉得諼草

傳諼草令人忘憂

集傳諼草合歡食之令人忘憂者○

集傳因諼草以及合歡不以合歡解諼草合歡樹名諼又作萱

彼黍離離彼稷之穗

集傳黍穀名苗似蘆高丈餘穗黑色實圓重稷亦穀也一名穄似黍而小或曰粟也○黏者為黍不黏為稷如稻之有粳糯黍亦名秫以為酒稷為飯稷古者明祀用之禮稷曰明粢左傳粢食不鑿是也

彼黍離離　彼稷之穗

王风·黍离

彼黍离离，彼稷之苗。行迈靡靡，中心摇摇。
知我者，谓我心忧；不知我者，谓我何求。
悠悠苍天，此何人哉？

彼黍离离，彼稷之穗。行迈靡靡，中心如醉。
知我者，谓我心忧；不知我者，谓我何求。
悠悠苍天，此何人哉？

彼黍离离，彼稷之实。行迈靡靡，中心如噎。
知我者，谓我心忧；不知我者，谓我何求。
悠悠苍天，此何人哉？

黍，一年生草本植物，叶线形，子实淡黄色，稍大于小米，熟后有黏性，可酿酒、做糕。离离，庄稼茂盛而整齐貌。稷，今称高粱。朱熹所释黍，乃此方之秫秫。冈元凤以为粘者为黍，不粘为稷，黍可做酒，稷可作饭，乃取李时珍《本草纲目》之说。

中谷有蓷

王风·中谷有蓷

中谷有蓷，暵其干矣。有女仳离，嘅其叹矣。
嘅其叹矣，遇人之艰难矣。

中谷有蓷，暵其修矣。有女仳离，条其歗矣。
条其歗矣，遇人之不淑矣。

中谷有蓷，暵其湿矣。有女仳离，啜其泣矣。
啜其泣矣，何嗟及矣。

中谷，即山谷中。蓷（tuī），益母草，古又名茺蔚，茎枝方形，节间开花，花白色。荏（rěn），草名，即白苏，俗名苏子。

*《集传》云云，见《广雅》，而误荏为萑。

中谷有蓷

傳蓷鵻也集傳葉似萑方莖白華華生節間即今益母草也○萑當作荏孔疏引爾雅註誤荏作萑集傳亦訛耳郭註本作荏埤雅亦同

彼采蕭兮

集傳蕭荻也白葉莖麄科生有香氣○埤雅今俗謂之牛尾蒿

彼采萧兮

王风·采葛

彼采葛兮，一日不见，如三月兮。

彼采萧兮，一日不见，如三秋兮。

彼采艾兮，一日不见，如三岁兮。

萧，蒿类，有香气，古人在祭祀时把它与油脂混合在一起，然后点燃，类似后世的香烛。《集传》所释，出自《尔雅》和陆《疏》。麄，同粗。

彼采艾兮

王风·采葛

原诗见「彼采萧兮」条。（页〇七三）

艾，蒿类，其叶晒干后，可供药用和针灸，被称为医草。

彼采艾兮

傳艾所以療疾集傳蒿屬乾之可灸

丘中有麻

集傳麻穀名子可食皮可績為布者

丘中有麻

王风·丘中有麻

丘中有麻，彼留子嗟。彼留子嗟，将其来施施。

丘中有麦，彼留子国。彼留子国，将其来食。

丘中有李，彼留之子。彼留之子，贻我佩玖。

麻，大麻，又名火麻，旧属谷类植物，今属桑科。籽可以吃，皮纤维可用来织布。

隰有荷華

郑风·山有扶苏

山有扶苏，隰有荷华。不见子都，乃见狂且。
山有桥松，隰有游龙。不见子充，乃见狡童。

隰，低湿之地。荷华，即荷花。清陈奂《诗毛氏传疏》以为：“《传》云‘荷华，扶渠’者，以扶渠释荷字，华则连经文而言之，故训中多有此例。又恐人误以扶渠当华，故申释之云‘其华菡萏’也。”意思是扶渠是荷的别名，菡萏是荷花的别名。《尔雅·释草》曰：“荷，芙蕖。其华，菡萏。”即是陈奂疏解的依据。

隰有荷華

傳荷華扶蕖也其華菡萏

隰有游龍

傳龍紅草也集傳一名馬蓼葉大而色白生水澤中高丈餘○別錄云紅生水旁如馬蓼而大稻氏云按紅草墨記草俱名馬蓼陶云馬蓼即墨記草也

隰有游龍

郑风·山有扶苏

原诗见「隰有荷华」条。（页〇七八）

游，本义为旌旗之流，此处用以形容茏草枝叶舒展。龙，即茏，又名红草、水荭草。《集传》所释，取自陆《疏》。

*《别录》，指《名医别录》，中医药典，南朝梁陶弘景编定。

* 稻氏，指日本学者稻若水，著《毛诗识小》。陶，指南朝梁陶弘景。

茹藘在阪

郑风·东门之墠

东门之墠，茹藘在阪。其室则迩，其人则远。

东门之栗，有践家室。岂不尔思，子不我即。

毛亨认为“茹藘”即是“茅蒐”。陆玑解释为茹藘又名地血，齐人称作茜，徐州人称作牛蔓。茹藘之根，可做绛色染料。朱熹所释，取自《尔雅》李巡注。阪，山坡。

茹藘在阪

傳茹藘茅蒐也集傳一名茜可以染絳○茜一作蒨方莖蔓生葉似棗每節四五葉對生至秋開花結實如小椒

方秉蕑兮

傳蕑蘭也集傳其莖葉似澤蘭廣而長節節中赤高四五尺○陸疏蕑即蘭香草也春秋傳曰刈蘭而卒楚辭云紐秋蘭孔子曰蘭當爲王者香草皆是也

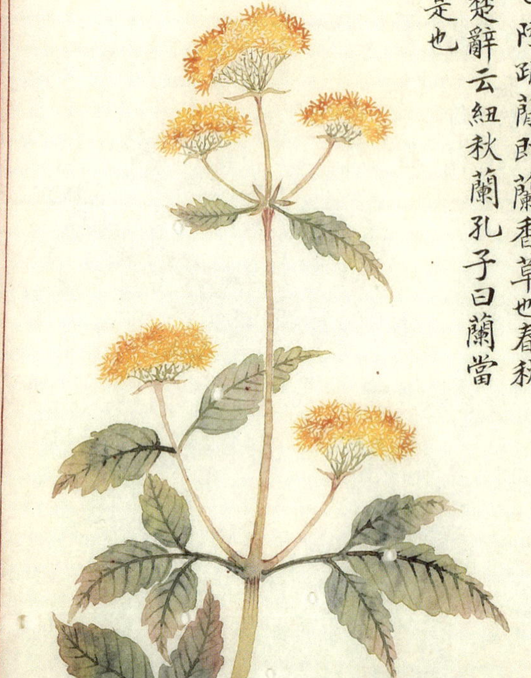

方秉蕑兮

郑风·溱洧

溱与洧，方涣涣兮。
士与女，方秉蕑兮。
女曰：「观乎？」
士曰：「既且。」
「且往观乎！洧之外，洵訏且乐。」
维士与女，伊其相谑，赠之以勺药。
溱与洧，浏其清矣。
士与女，殷其盈矣。
女曰：「观乎？」
士曰：「既且。」
「且往观乎！洧之外，洵訏且乐。」
维士与女，伊其将谑，赠之以勺药。

方，正。秉，执。蕑（jiān），菊科，香草，亦名兰，但不是今天说的兰花。李时珍《本草纲目》以为："蕑，即今省头草。"陆玑认为蕑就是兰，是一种香草，高四五尺，茎节红色而长，很像是药草泽兰。汉代池苑多种这种香草，放在衣物或书中，可避虫蛀。

《离骚》中所说的"纫秋兰以为佩"，就是指用这种香草作饰物。

赠之以勺藥

郑风·溱洧

原诗见「方秉蕑兮」条。（页〇八五）

勺药，一名辛夷，又名留夷。有二种：草勺药、木勺药。此处指草勺药。《韩诗外传》曰："勺药，离草也。"《古今注》曰："芍药一名可离，故将别以赠之。"

《吕记》，指宋吕祖谦《吕氏家塾读诗记》。《花镜》，六卷，图一卷，陈淏子辑。陈淏子，一名扶摇，别署西湖花隐翁，明末清初人。

贈之以勺藥

傳勺藥香草集傳三月開花芳色可愛○呂記陳氏曰勺藥者溱洧之地富有之詩人賦物有所因也陳淏子花鏡勺藥廣陵者為天下最近日四方競尚巧立名目約百種

維莠驕驕

集傳莠害苗之草也○爾雅翼莠者害苗之草說文但云禾粟下生莠而已先儒不適言何物韋昭解魯語云莠草似稷無實又韋曜問詩云甫田維莠今何物答曰今之狗尾也然後此物方顯今之狗尾草誠似稷而不結實無處不生

維莠驕驕

齐风·甫田

无田甫田，维莠骄骄。无思远人，劳心忉忉。
无田甫田，维莠桀桀。无思远人，劳心怛怛。
婉兮娈兮，总角丱兮。未几见兮，突而弁兮。

莠（yǒu），狗尾草，长得很像谷子，但不结籽。
《鲁语》，《国语》中的篇目，《国语》有三国吴韦昭注。韦曜，即韦昭，晋人避司马昭讳而改字。《太平御览》卷九九八引韦曜问答曰：“《甫田》维莠今何草？答曰：今之狗尾也。”

言采其莫

魏风·汾沮洳

彼汾沮洳，言采其莫。
彼其之子，美无度；美无度，殊异乎公路。
彼汾一方，言采其桑。
彼其之子，美如英；美如英，殊异乎公行。
彼汾一曲，言采其蒉。
彼其之子，美如玉；美如玉，殊异乎公族。

莫，即酸模。陆《疏》云："五方通谓之酸迷，冀州人谓之干绛，河、汾之间谓之莫。"马瑞辰《毛诗传笺通释》曰："酸迷，一名酸模（摸），省言之则曰莫。"《集传》所释，全依陆《疏》。冈元凤则言未详何物。

言采其莫

傳莫菜也集傳似柳葉厚而長有毛刺可為羹未詳

言采其藚

傳藚水舄也集傳葉如車前草。集傳依陸璣以為澤瀉鄭浹漈云藚狀似麻黃亦謂之續斷其節拔可復續生沙阪稻氏云今俗呼杉菜是也

言采其藚

魏风·汾沮洳

原诗见「言采其莫」条。（页〇九〇）

藚（音xù），毛《传》、郭璞《尔雅注》释为水舄，陆《疏》释为泽泻。牟应震《毛诗物名考》曰："今下田有草，状类黄麻，寸寸生节，俗名百节草者是也。"日本学者稻若水认为是杉菜。

* 郑浃漈，指郑樵，号浃漈。郑樵精研名物之学，著《尔雅注》《通志·昆虫草木略》。

不能蓺稻粱

唐风·鸨羽

肃肃鸨羽，集于苞栩。王事靡盬，不能蓺稷黍，父母何怙？悠悠苍天！曷其有所？

肃肃鸨翼，集于苞棘。王事靡盬，不能蓺黍稷，父母何食？悠悠苍天！曷其有极？

肃肃鸨行，集于苞桑。王事靡盬，不能蓺稻粱，父母何尝？悠悠苍天！曷其有常？

蓺，种植。稻，指水稻。粱，是粟类的总称。右图所画的粱是高粱。稌（tú），水稻。秔（jīng），也作稉、粳，不粘的稻。糯，粘稻。

不能蓺稻粱

集傳稻即今南方所食稻米水生而色白者也粱粟類也有數色〇稻一名稌秔糯之通稱粱統粟之名古者無粟名後世粟顯而粱隱矣

豐年多黍多稌

傳 稌稻也 見稻

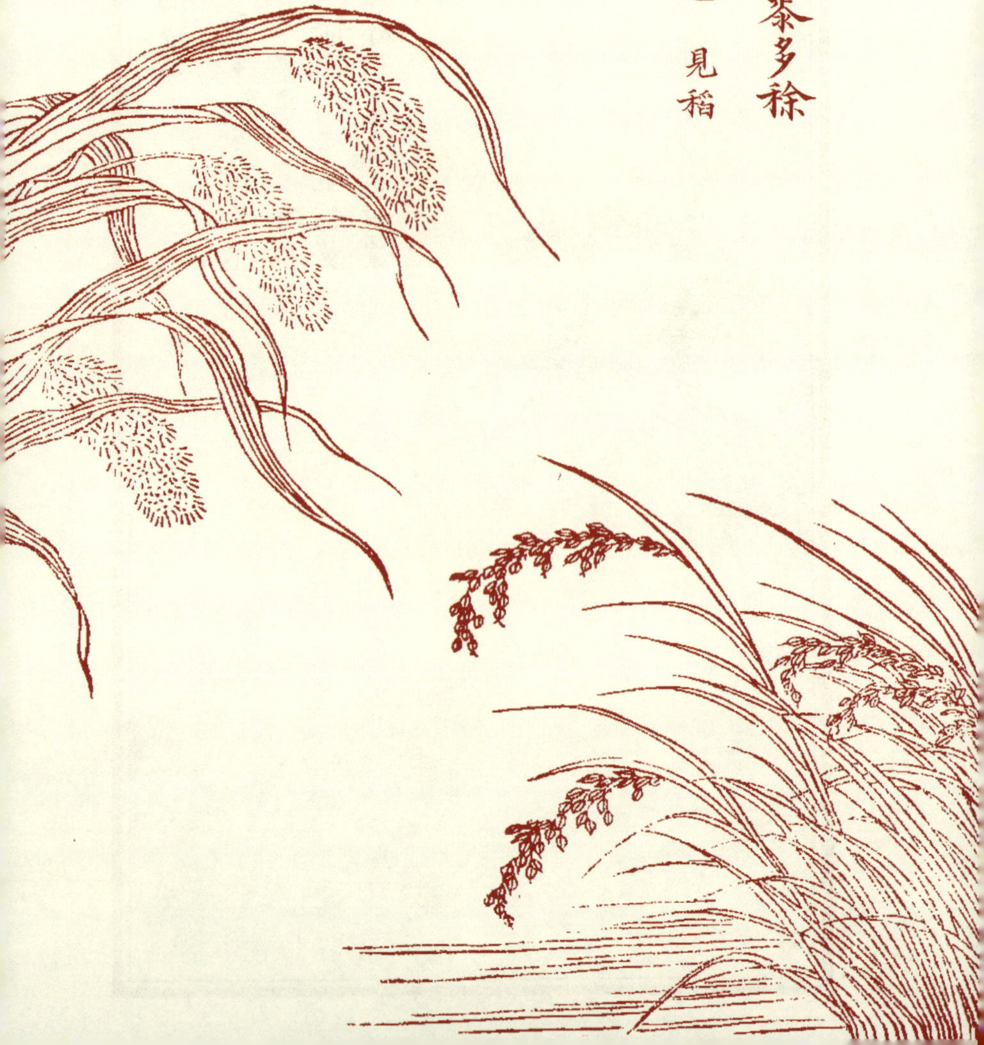

豐年多黍多稌

周颂·丰年

丰年多黍多稌，亦有高廪，万亿及秭。为酒为醴，烝畀祖妣，以洽百礼。降福孔皆。

稌，即指水稻。

蘞蔓于野

唐风·葛生

葛生蒙楚，蔹蔓于野。予美亡此，谁与？独处。
葛生蒙棘，蔹蔓于域。予美亡此，谁与？独息。
角枕粲兮，锦衾烂兮。予美亡此，谁与？独旦。
夏之日，冬之夜。百岁之后，归于其居。
冬之夜，夏之日。百岁之后，归于其室。

蔹（liǎn），蔓生植物，以果熟时不同颜色，分为白蔹、赤蔹、乌蔹莓三种。“蔹蔓于野”之蔹，如陆《疏》。毛晋所释，即乌蔹莓。

* 毛晋，明人，著《毛诗草木鸟兽虫鱼疏广要》，专以解释、补充陆《疏》。

蘞蔓于野

集傳蘞草名似栝樓葉盛而細○陸疏其子正黑如燕薁不可食也毛晉云本草蘞有赤白黑三種疑此是黑蘞也即烏蘞莓

蒹葭蒼蒼

傳蒹薕也集傳蒹似萑而細高數尺又謂之薕

蒹葭蒼蒼

秦风·蒹葭

蒹葭苍苍，白露为霜。所谓伊人，在水一方。
溯洄从之，道阻且长；溯游从之，宛在水中央。
蒹葭凄凄，白露未晞。所谓伊人，在水之湄。
溯洄从之，道阻且跻；溯游从之，宛在水中坻。
蒹葭采采，白露未已。所谓伊人，在水之涘。
溯洄从之，道阻且右；溯游从之，宛在水中沚。

蒹（jiān），细长的水草。葭（jiā），初生的芦苇。苍苍，淡青色，亦兼盛多义。簾，今本毛《传》、《集传》皆作蒹。参看“彼茁者葭”条。

視爾如荍

陈风·东门之枌

东门之枌，宛丘之栩。
子仲之子，婆娑其下。
榖旦于差，南方之原。
不绩其麻，市也婆娑。
榖旦于逝，越以鬷迈。
视尔如荍，贻我握椒。

荍（qiáo），又名锦葵、荆葵，花紫红色或白色，带深紫色条纹。芘，音pí。陆《疏》曰："芘芣，一名荆葵，似芜菁，华紫绿色，可食，微苦。"李时珍云云，见《本草纲目》卷十六。

視爾如荍

傳荍芘芣也集傳又名荊葵紫色。李時珍云錦葵即荊葵也爾雅謂之荍其花大如五銖錢粉紅色有紫縷文

可以漚紵

集傳紵麻屬

可以漚紵

陈风·东门之池

东门之池，可以沤麻。彼美淑姬，可与晤歌。
东门之池，可以沤纻。彼美淑姬，可与晤语。
东门之池，可以沤菅。彼美淑姬，可与晤言。

沤，浸泡。纻（zhù），麻类，地下有宿根，不必每年种植，春天自然生长，古人用其内皮纤维织布。

可以沤菅

陈风·东门之池

原诗见「可以沤纻」条。（页一〇五）

菅，音jiān，陆《疏》认为："菅似茅，而滑泽无毛，根下五寸中有白粉者，柔韧宜为索，沤乃尤善矣。"

可以漚菅

集傳菅葉似茅而滑澤莖有白粉柔韌宜為索也○夏花者為茅秋花者為菅其別猶蒹之與萑也

白華菅兮

傳白華野菅也已漚為菅○孔疏此白華亦是茅菅類也漚之柔韌異其名謂之為菅因謂在野未漚者為野菅也

白華菅兮

小雅·白华

白华菅兮，白茅束兮。之子之远，俾我独兮。

英英白云，露彼菅茅。天步艰难，之子不犹。

滮池北流，浸彼稻田。啸歌伤怀，念彼硕人。

樵彼桑薪，卬烘于煁。维彼硕人，实劳我心。

鼓钟于宫，声闻于外。念子懆懆，视我迈迈。

有鹙在梁，有鹤在林。维彼硕人，实劳我心。

鸳鸯在梁，戢其左翼。之子无良，二三其德。

有扁斯石，履之卑兮。之子之远，俾我疧兮。

毛《传》以为白华即是野菅，沤过之后，使之柔韧，称为“菅”。

邛有旨苕

陈风·防有鹊巢

防有鹊巢，邛有旨苕，
谁侜予美？心焉忉忉！
中唐有甓，邛有旨鹝。
谁侜予美？心焉惕惕！

邛（qióng），土丘。旨，甘美。苕，音tiáo。陆玑认为苕就是苕饶，蔓生，枝茎类似劳豆但较细，叶子类似蒺藜但较青，茎叶可以生吃，类似豆藿，《集传》所释，即取自陆《疏》。《毛诗正义》以为此处的"苕"与《苕之华》的"苕"不同，《苕之华》的苕指凌霄。冈元凤即采用《正义》之说。但清儒陈奂、马瑞辰都不同意《正义》的看法，认为二者本是一物。

卭有旨苕

傳苕草也集傳苕苕饒也莖如勞豆而細葉似蒺藜而青其莖葉綠色可生食如小豆藿也○ 此與苕之華不同

卭有旨鷊

傳鷊綬草也集傳小草雜色如綬○稻氏云貌地事立未知然否

邛有旨鹝

陈风·防有鹊巢

原诗见「邛有旨苕」条。（页一一〇）

鹝（yì），虉的借字，《说文》：“虉，绶草也。”陆《疏》：“鹝，五色，作绶文，故曰绶草。”程俊英《诗经注析》以为绶草即铺地锦。

果蠃之實

豳风·东山

我徂东山，慆慆不归。我来自东，零雨其濛。
我东曰归，我心西悲。制彼裳衣，勿士行枚。
蜎蜎者蠋，烝在桑野。敦彼独宿，亦在车下。

我徂东山，慆慆不归。我来自东，零雨其濛。
果蠃之实，亦施于宇。伊威在室，蠨蛸在户。
町畽鹿场，熠燿宵行。不可畏也，伊可怀也。

我徂东山，慆慆不归。我来自东，零雨其濛。
鹳鸣于垤，妇叹于室。洒扫穹窒，我征聿至。
有敦瓜苦，烝在栗薪。自我不见，于今三年。

我徂东山，慆慆不归。我来自东，零雨其濛。
仓庚于飞，熠燿其羽。之子于归，皇驳其马。
亲结其缡，九十其仪。其新孔嘉，其旧如之何？

果蠃（luǒ），蔓生葫芦科植物，又名栝楼、瓜蒌。毛《传》以栝楼释果蠃，冈元凤依《尔雅》和李巡注以为果蠃是植物，栝楼是此植物结的果实。

* 李巡，东汉后期人，宦官，著《尔雅注》三卷。

果臝之實

傳果臝栝樓也○爾雅果臝之實栝樓李巡曰栝樓子名也孫炎曰齊人謂之天瓜

有蒲與荷

集傳蒲水草
可為席者

有蒲與荷

陈风·泽陂

彼泽之陂，有蒲与荷。
有美一人，伤如之何。寤寐无为，涕泗滂沱。
彼泽之陂，有蒲与蕑。
有美一人，硕大且卷。寤寐无为，中心悁悁。
彼泽之陂，有蒲菡萏。
有美一人，硕大且俨。寤寐无为，辗转伏枕。

蒲，蒲草，可以编席。

隰有苌楚

桧风·隰有苌楚

隰有苌楚，猗傩其枝。天之沃沃，乐子之无知。

隰有苌楚，猗傩其华。天之沃沃，乐子之无家。

隰有苌楚，猗傩其实。天之沃沃，乐子之无室。

隰，低湿之地。苌楚，铫弋，《尔雅·释草》文，郭璞注："今羊桃也，或曰鬼桃，叶似桃，华白，子如小麦，亦似桃。"陆《疏》以为："今羊桃是也，叶长而狭，华紫赤色，其枝茎弱，过一尺，引蔓于草上。"

隰有萇楚

傳萇楚銚弋也集傳今羊桃也子如小麥亦似桃○萇楚在此方未顯

浸彼苞稂

傳稂童梁又稂莠皆害苗集傳莠屬
陸璣云禾秀為穗而不成崱嶷然
謂之童梁今人謂之
宿田翁又謂守田也
然則禾之不成者亦通

浸彼苞稂

曹风·下泉

冽彼下泉，浸彼苞稂。忾我寤叹，念彼周京。

冽彼下泉，浸彼苞萧。忾我寤叹，念彼京周。

冽彼下泉，浸彼苞蓍。忾我寤叹，念彼京师。

芃芃黍苗，阴雨膏之。四国有王，郇伯劳之。

苞，从生。稂（lánɡ），据毛《传》、陆《疏》所释，是长穗而不长实的禾。今人一般认为稂是莠一类的草，李时珍《本草纲目》称为狼尾草。

崱嶷（zè nǐ），高耸的样子。

浸彼苞蓍

曹风·下泉

原诗见「浸彼苞稂」条。（页一二一）

蓍，筮草，古人用此草来进行占卜。《本草图经》以为蓍草丛生，每丛有一二十茎，秋后开花，红紫色，形状如菊花。日本学者稻若水认为蓍草就是“白哥罗貌”（日语训读谐音）。冈元凤同意他的说法，但是未见过丛生数十茎的。

浸彼苞蓍

傳蓍草也集傳筮草也○本草圖經蓍其生如蒿作叢高五六尺一本一二十莖至多者三五十莖梗條直所以異於衆蒿也秋後有花出於枝端紅紫色形如菊稻氏云蓍草俗名白哥羅貌形狀與圖經相合始得白花者為慊後得紅紫色大知其真然也白哥羅貌淡紅花者近時花圃多出之稻氏所見蓋此也但未見有至數十莖者

四月秀葽

傳葽草也箋夏小正四月王萯秀葽其是乎○嚴緝葽今遠志也其上謂之小草謝安乃云處則為遠志出則為小草

四月秀葽

豳风·七月

原诗见「八月断壶」条。（页〇三三）

四月，夏历的四月。秀，不开花而结实。葽（yāo），草本植物，《说文解字》引刘向曰："此味苦，苦葽也。"

《尔雅》"葽绕，棘蒬"，郭璞注："今远志也。似麻黄，赤华，叶锐而黄，其上谓之小草。"《博物志》曰："苗曰小草，根曰远志。"

"处则为远志，出则为小草"，见《世说新语·排调》，本书作者以为是谢安之言，其实是郝隆之语。

六月食鬱及薁

豳风·七月

原诗见「八月断壶」条。（页〇三三）

六月，夏历六月。薁（yù），野葡萄，结紫黑色浆果，可食。蘡，音yīng。

郁，本书卷三木部“六月食郁及薁”另有释。

六月食鬱及薁

傳薁蘡薁也○蘡薁其葉並花實皆與葡萄髣髴但實小熟則色黑小兒食之

鬱見木部

七月烹葵及菽

集傳葵菜名菽豆也○圖經葵處處有之苗葉作菜茹更甘美冬葵子古方入藥最多有蜀葵錦葵黃葵終葵菟葵皆有功用爾雅翼菽者衆豆之總名

按通雅謂葵為欵冬非爾雅云菟葵顆凍其非葵明也方氏疑於葵後人不復食之故生此說苟以不食則菽亦采葉以為藿芼大牢饗賓客筐之筥之其謂之何食膳之宜古今異同不可強論也

菽

葵

七月烹葵及菽

豳风·七月

原诗见「八月断壶」条。（页〇三三）

亨，同烹，煮。葵，蔬菜名，程俊英《诗经注析》云“今名苋菜”，又引李时珍《本草纲目》有“古者葵为五菜之主”及“古人种为常食”等说法。陈子展《诗经直解》：“葵，又名冬寒菜或冬苋菜。锦葵科，二年生草本。古人种之为常食，今西南川、湘人喜食之。”菽，大豆。款冬，又叫颗冻，植物名，以其凌寒叩冰而生，故名。方以智《通雅》以为葵是款冬，非是。

七月食瓜

豳风·七月

原诗见「八月断壶」条。（页〇三三）

清徐鼎《毛诗名物图说》："瓜，统名也，种类不一，五方所产又殊。"则冈元凤谓瓜为甜瓜，未必正确。顾氏《说约》正因瓜类繁多，不知何等，故存疑阙如，怎可由此断定他不知有甜瓜。仅仅因《群芳谱》等书云西瓜谓瓜，又怎能得出明人不盛吃甜瓜的结论？

*《群芳谱》，明王象晋撰。

*《说约》，指《诗经说约》，作者顾梦麟，明朝人。

七月食瓜

瓜甜瓜也説約云六經言瓜如削瓜樹瓜之類其説頗重不知何等或此與斷壺叔苴俱非佳物聊解飢渴者歟顧氏此言似不諳瓜者因思羣芳譜諸書西瓜謂瓜明人不盛食瓜耶

獻羔祭韭
集傳韭菜名

獻羔祭韭

豳风·七月

原诗见「八月断壶」条。（页〇三三）

羔，小羊。祭，祭供。韭，韭菜。

黍稷重穋

豳风·七月

原诗见「八月断壶」条。（页〇三三）

黍，今之小米。稷，高粱。重（tóng），三家《诗》作種，先种后熟的谷。穋（lù），三家《诗》作稑，后种早熟的谷。闵元凤认为重是屋枯的穋，意指穋与重是同一谷物，只因生长阶段不同而异名，并认为毛《传》、《集传》区分重、穋为二种谷物是错误的。

黍稷重穋

傳後熟曰重先熟曰穋集傳先種後熟曰重後種先熟曰穋○穋說文作稑云疾熟也重是屋枯的穋是華設辨解錯矣

九月叔苴

傳苴麻子也

九月叔苴

豳风·七月

原诗见「八月断壶」条。（页〇三三）

叔，拾取。苴（jū），麻籽。

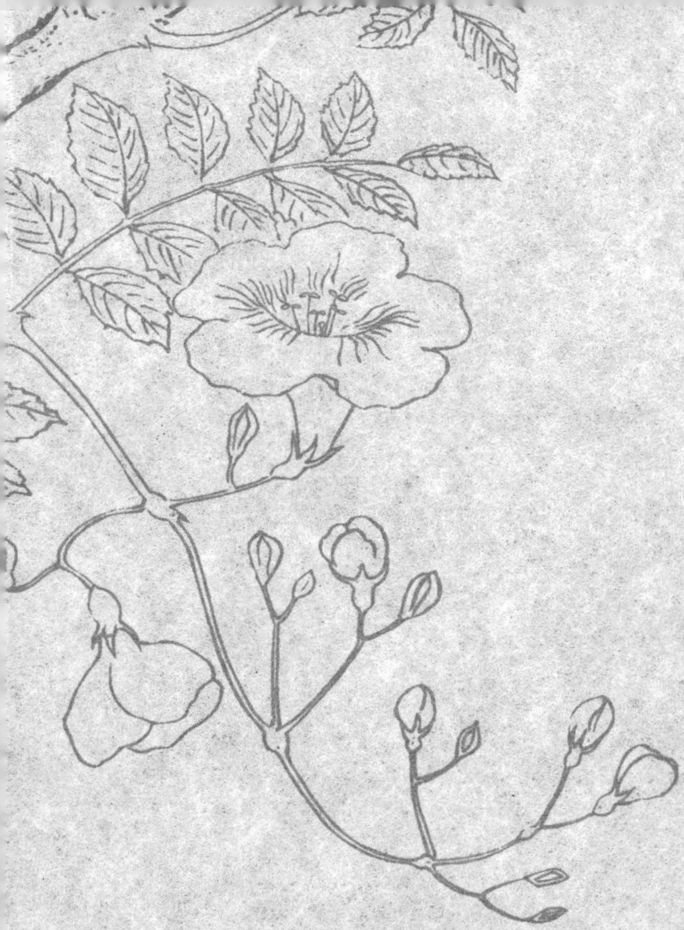

卷二

草部

呦呦鹿鸣，
食野之苹。

食野之苹

小雅·鹿鸣

呦呦鹿鸣，食野之苹。
我有嘉宾，鼓瑟吹笙。
吹笙鼓簧，承筐是将。
人之好我，示我周行。
呦呦鹿鸣，食野之蒿。
我有嘉宾，德音孔昭。
视民不恌，君子是则是傚。
我有旨酒，嘉宾式燕以敖。
呦呦鹿鸣，食野之芩。
我有嘉宾，鼓瑟鼓琴。
鼓瑟鼓琴，和乐且湛。
我有旨酒，以燕乐嘉宾之心。

苹，《尔雅·释草》释为藾萧，郭璞《注》以为即藾蒿，《毛诗正义》引陆《疏》云："叶青白色，茎似箸而轻脆，始生香，可生食，又可蒸食。"冈元凤根据严粲《诗缉》，知苹有水生、陆生两种，但不知陆生之苹为何物，故无法绘图，只画了水生之苹的图。

毛詩品物圖攷卷二

浪華岡元鳳纂輯

草部

食野之苹

傳苹蓱也箋苹藾蕭也集傳藾蕭青色白莖如筯○嚴緝釋草苹有二種一云苹蓱其大者蘋此水生之苹也一云苹藾蕭郭璞云今藾蒿也此陸生之苹也即鹿所食是也藾蒿今未詳為何物故從毛說

食野之蒿

傳蒿菣也集傳即青蒿也○按蒿之為青蒿舊説不可改或辨為統名反泛矣

食野之蒿

小雅·鹿鸣

原诗见「食野之苹」条。（页一四〇）

蒿，亦名青蒿、香蒿，陆《疏》：“蒿，青蒿也。”毛《传》所释，与《尔雅》同，孙炎《尔雅注》：“荆、楚之间谓蒿为菣。”菣，音qìn。

食野之芩

小雅·鹿鸣

原诗见「食野之苹」条。（页一四〇）

芩（qín），《毛诗正义》引陆《疏》："茎如钗股，叶如竹，蔓生泽中下地咸处，为草贞实，牛马亦喜食之。"

食野之芩

傳芩草也集傳莖如釵股葉如竹蔓生○芩無地不生有二種大曰和被十黃小曰迷被十黃葉如竹而柔輭宜牛馬食之

南山有臺

傳臺夫須也集傳即莎草也○陸疏舊説夫須莎草也可
為蓑笠都人士云臺笠緇撮傳云臺所以禦雨是也稲氏
云臺今人呼為思絜似莎草而大生水中可以為笠及蓑
衣此與莎草不同

南山有臺

小雅·南山有台

南山有台，北山有莱。
乐只君子，邦家之基。乐只君子，万寿无期。

南山有桑，北山有杨。
乐只君子，邦家之光。乐只君子，万寿无疆。

南山有杞，北山有李。
乐只君子，民之父母。乐只君子，德音不已。

南山有栲，北山有杻。
乐只君子，遐不眉寿。乐只君子，德音是茂。

南山有枸，北山有楰。
乐只君子，遐不黄耇。乐只君子，保艾尔后。

台，通苔，多年生草本植物，今名蓑衣草，可用来编制蓑衣和斗笠。毛《传》以夫须释台，陆《疏》以莎草释夫须。但稻若水认为台与莎草有别。莎，音suō。

*《都人士》，《诗经·小雅》篇名。

北山有莱

小雅·南山有台

原诗见「南山有台」条。（页一四七）

莱，莱草，多生荒地，叶香，可食。《毛诗传笺通释》曰：“莱、釐、藜三字，古同声通用。《尔雅》：‘釐，蔓华。’《说文》：‘莱，蔓华。’莱即为釐，犹来牟一作釐牟也。《齐民要术》引《诗义疏》曰：‘莱，藜也。’《玉篇》《广韵》并云：‘莱，藜草也。’是莱即藜也。”冈元凤引《陆疏广要》认为今陆《疏》佚文甚多。

*《陆疏广要》，明代毛晋著《毛诗草木鸟兽虫鱼疏广要》的简称。

北山有萊

傳萊草也集傳草名葉香可食者也○陸疏廣要諸韻書俱引草木疏云萊藜也今疏本文不載可見陸疏逸去者甚多

菁菁者莪

傳莪蘿蒿也○陸疏莪蒿也一名蘿蒿生澤田漸洳之處葉似邪蒿而細科生按蘿蒿今人呼為朝鮮菊葉似青蒿而細又似胡蘿蔔葉四月開白花類茼蒿蓼莪所謂匪莪伊蒿蓋以相似而起興也蒿即青蒿

菁菁者莪

小雅·菁菁者莪

菁菁者莪，在彼中阿。既见君子，乐且有仪。

菁菁者莪，在彼中沚。既见君子，我心则喜。

菁菁者莪，在彼中陵。既见君子，锡我百朋。

泛泛杨舟，载沈载浮。既见君子，我心则休。

菁菁，草盛貌。莪（é），萝蒿，《本草纲目》称为抱娘蒿，今名因陈。

*《蓼莪》，《诗经·小雅》篇名。

薄言采芑

小雅·采芑

薄言采芑，于彼新田，于此菑亩。方叔涖止，其车三千，师干之试。
方叔率止，乘其四骐，四骐翼翼。路车有奭，簟茀鱼服，钩膺鞗革。

薄言采芑，于彼新田，于此中乡。方叔涖止，其车三千，旂旐央央。
方叔率止，约軝错衡，八鸾玱玱。服其命服，朱芾斯皇，有玱葱珩。

鴥彼飞隼，其飞戾天，亦集爰止。方叔涖止，其车三千，师干之试。
方叔率止，钲人伐鼓，陈师鞫旅。显允方叔，伐鼓渊渊，振旅阗阗。

蠢尔蛮荆，大邦为仇。方叔元老，克壮其犹。方叔率止，执讯获丑。
戎车啴啴，啴啴焞焞，如霆如雷。显允方叔，征伐猃狁，蛮荆来威。

芑（qǐ），今名苦荬菜。冈元凤认为芑是白苣，与《嘉祐本草》《毛诗稽古编》之说同，清胡承珙《毛诗后笺》则辨其非是。

*《辨解》，指江村如圭《诗经名物辨解》七卷。

薄言采芑

傳芑菜也集傳苦菜也青白色摘其葉有白汁出肥可生食亦可蒸爲茹即今苦買菜宜馬食軍行采之人馬皆可食也○芑是苦菜而青白色者即白苣也

言采其遂

傳遂惡菜也箋遂牛蘈也亦仲春時可采也集傳令人謂之羊蹄菜

言采其蓫

小雅·我行其野

我行其野，蔽芾其樗。
昏姻之故，言就尔居。
尔不我畜，复我邦家。
我行其野，言采其蓫。
昏姻之故，言就尔宿。
尔不我畜，言归斯复。
我行其野，言采其葍。
不思旧姻，求尔新特。
成不以富，亦祇以异。

蓫（zhú），陆《疏》云："蓫，牛蘈（tuí），扬州人谓之羊蹄。似芦菔而茎赤，可瀹为茹，滑而美也，多啖令人下气。幽州人谓之蓫。"陈子展《诗经直解》云："蓫，又名羊蹄、牛舌、鬼目。蓼科，生于路旁或原隰之多年生草本。开散状下垂之淡绿色花，有长而粗大之黄色根，似莱菔，可食。古人用以济荒。"

言采其葍

小雅·我行其野

原诗见「言采其蓫」条。（页一五五）

葍（fú），丁晏校本陆《疏》云："葍，一名蒠，幽州人谓之燕葍，其根正白，可著热灰中温噉之，饥荒之岁可蒸以御饥。汉祭甘泉或用之。其叶有两种，叶细而花赤，有臭气也。"

* 江氏，未详何人。

*《草木志略》，大概指《通志·昆虫草木略》。

言采其葍

傳葍惡菜也箋葍䔰也亦仲春時生可采也○江氏云草木志略商陸根曰葍曰䔰乃今之山牛蒡也

下莞上簟

箋莞小蒲之席也集傳蒲席也 按漢書註莞今謂之蔥蒲則蒲莞之別可知此方人謂之紫忽貌

下莞上簟

小雅·斯干

秩秩斯干，幽幽南山。如竹苞矣，如松茂矣。
兄及弟矣，式相好矣，无相犹矣。

似续妣祖，筑室百堵，西南其户。爰居爰处，爰笑爰语。

约之阁阁，椓之橐橐。风雨攸除，鸟鼠攸去，君子攸芋。

如跂斯翼，如矢斯棘，如鸟斯革，如翚斯飞，君子攸跻。

殖殖其庭，有觉其楹，哙哙其正，哕哕其冥，君子攸宁。

下莞上簟，乃安斯寝。乃寝乃兴，乃占我梦。
吉梦维何？维熊维罴，维虺维蛇。

大人占之：维熊维罴，男子之祥；维虺维蛇，女子之祥。

乃生男子，载寝之床，载衣之裳，载弄之璋。
其泣喤喤，朱芾斯皇，室家君王。

乃生女子，载寝之地，载衣之裼，载弄之瓦。
无非无仪，惟酒食是议，无父母诒罹。

莞（guǎn），《说文》："莞，草也，可以作席。"《广雅》《汉书注》皆称为葱蒲。簟（diàn），《说文》："竹席也。"冈元凤认为莞即是日本人称为"紫忽貌"的植物。

＊《汉书注》，唐颜师古著。

匪莪伊蔚

小雅·蓼莪

蓼蓼者莪，匪莪伊蒿。哀哀父母，生我劬劳。
蓼蓼者莪，匪莪伊蔚。哀哀父母，生我劳瘁。
缾之罄矣，维罍之耻。鲜民之生，不如死之久矣。
无父何怙，无母何恃。出则衔恤，入则靡至。
父兮生我，母兮鞠我。拊我畜我，长我育我。
顾我复我，出入腹我。欲报之德，昊天罔极。
南山烈烈，飘风发发。民莫不穀，我独何害。
南山律律，飘风弗弗。民莫不穀，我独不卒。

匪，不是。伊，是。蔚，蒿的一种，《尔雅·释草》：“蔚，牡菣。”《毛诗正义》引陆《疏》以为蔚是牡蒿，三月发芽，七月开花，花如胡麻花，紫红色，八月结荚，似豆角但细长。冈元凤指出牡菣有齐头蒿和马新蒿两种，陆玑所释即马新蒿，为《集传》所本。冈元凤不仅绘了马新蒿的图，连齐头蒿的图也一道绘制了。今按，陆玑称牡蒿七月开花，则《集传》“四月始华”，“四”字当作“七”。

匪莪伊蔚

傳蔚牡菣也集傳三月始生四月始華如胡麻華而紫赤八月為角似小豆角銳而長○按牡菣二種一為齊頭蒿一為馬新蒿陸璣所釋即馬新蒿集傳因之耳

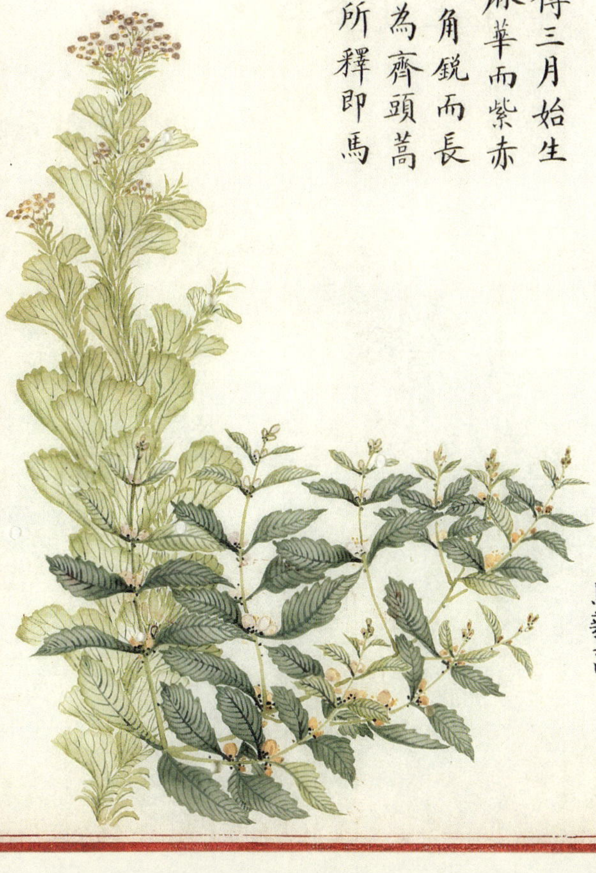

蔦與女蘿

傳女蘿兔絲松蘿也集傳女蘿兔絲也蔓連草上黃赤如金○廣雅兔邱兔絲也女蘿松蘿也陸疏兔絲蔓連草上黃赤如金松蘿自蔓松上生枝正青與兔絲殊異此等說二物辨得明白毛傳既失朱說亦錯遂致混淆說約辨之

蔦與女蘿

小雅·頍弁

有頍者弁，实维伊何？尔酒既旨，尔殽既嘉。
岂伊异人，兄弟匪他。茑与女萝，施于松柏。
未见君子，忧心弈弈；既见君子，庶几说怿。
有頍者弁，实维何期？尔酒既旨，尔殽既时。
岂伊异人，兄弟具来。茑与女萝，施于松上。
未见君子，忧心怲怲；既见君子，庶几有臧。
有頍者弁，实维在首。尔酒既旨，尔殽既阜。
岂伊异人，兄弟甥舅。如彼雨雪，先集维霰。
死丧无日，无几相见。乐酒今夕，君子维宴。

茑（niǎo），寄生草，《毛诗正义》引用陆《疏》的解释："茑，一名寄生，叶似当卢，子如覆盆子，赤黑恬美。"女萝，松萝。冈元凤认为依据《广雅》和陆《疏》，松萝与菟丝为二物，毛《传》和朱《传》皆混为一。清王念孙《广雅疏证》以为女萝、松萝与菟丝虽是二物，但此二物毕竟是同类，因而可以通称。今植物学者认为松萝为地衣门松萝科植物，菟丝为旋花科植物，两者并不相同。

言采其芹

小雅·采菽

采菽采菽，筐之筥之。君子来朝，何锡予之？
虽无予之，路车乘马；又何予之，玄衮及黼。

觱沸槛泉，言采其芹。君子来朝，言观其旂。
其旂淠淠，鸾声嘒嘒。载骖载驷，君子所届。

赤芾在股，邪幅在下。彼交匪纾，天子所予。
乐只君子，天子命之。乐只君子，福禄申之。

维柞之枝，其叶蓬蓬。乐只君子，殿天子之邦。
乐只君子，万福攸同。平平左右，亦是率从。

泛泛杨舟，绋纚维之。乐只君子，天子葵之。
乐只君子，福禄膍之。优哉游哉，亦是戾矣。

芹，水芹菜，可食。

言采其芹

箋芹菜也集傳水草可食

終朝采藍

箋藍染草也藍有數種
一種蓼藍此方多種

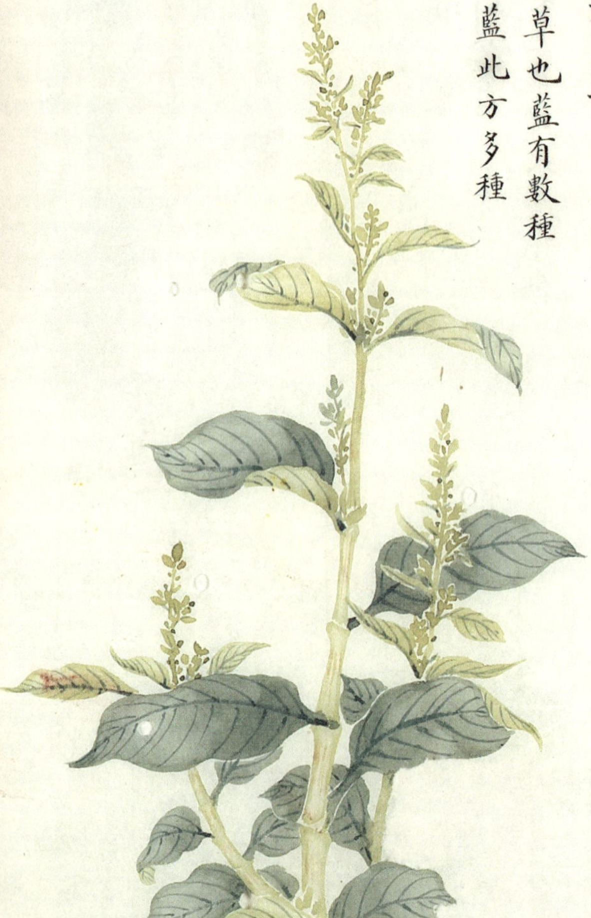

終朝采藍

小雅·采绿

原诗见「终朝采绿」条。（页〇五八）

终朝，整个早晨。蓝，靛草，可以做青色染料，故云“青出于蓝”。《通志·昆虫草木略》说蓝有三种，蓼蓝染绿，大蓝染碧，槐蓝染青。

苕之華 芸其黄矣

小雅·苕之华

苕之华，芸其黄矣。心之忧矣，维其伤矣！

苕之华，其叶青青。知我如此，不如无生。

牂羊坟首，三星在罶。人可以食，鲜可以饱。

苕（tiáo），藤本植物，又名陵苕、凌霄，陈奂《诗毛氏传疏》："陵苕花，藤本蔓生，依古柏树，直至树颠。五六月中花盛黄色，俗谓之即凌霄花。"芸其，即芸芸，深黄貌，形容陵苕花开之繁盛。

苕之華
芸其黃矣

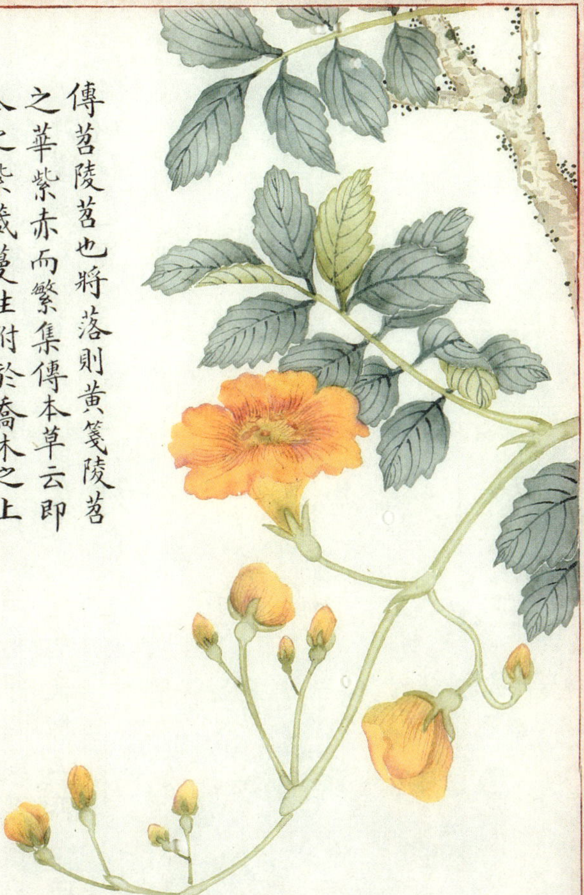

傳苕陵苕也將落則黃箋陵苕之華紫赤而繁集傳本草云即今之紫葳蔓生附於喬木之上其華黃赤色亦名凌霄

堇荼如飴

傳堇菜也集傳堇烏頭也○孔疏謂堇即烏頭集傳從之然此堇非烏頭古義辨之唐本草注堇菜野生非人所種葉似蕺花紫色此云思蜜列也荼苦菜

堇荼如饴

大雅·绵

绵绵瓜瓞，民之初生，自土沮漆。古公亶父，陶复陶穴，未有家室。

古公亶父，来朝走马，率西水浒，至于岐下。爰及姜女，聿来胥宇。

周原膴膴，堇荼如饴。爰始爰谋，爰契我龟。曰止曰时，筑室于兹。

迺慰迺止，迺左迺右，迺疆迺理，迺宣迺亩。自西徂东，周爰执事。

乃召司空，乃召司徒，俾立室家。其绳则直，缩版以载，作庙翼翼。

捄之陾陾，度之薨薨。筑之登登，削屡冯冯。百堵皆兴，鼛鼓弗胜。

迺立皋门，皋门有伉。迺立应门，应门将将。迺立冢土，戎丑攸行。

肆不殄厥愠，亦不陨厥问。柞棫拔矣，行道兑矣。

混夷駾矣，维其喙矣。

虞芮质厥成，文王蹶厥生。

予曰有疏附，予曰有先后，予曰有奔奏，予曰有御侮。

堇（jǐn），《广雅》：“堇，藋也。”王念孙疏证：“灰藋，今处处原野有之，四月生苗，有紫红线棱，叶端有缺，面青，背有白灰，茎心嫩叶背面全白，野人多以为蔬，南方妇女用以煮线，或以饲豕，八九月中结子如苋。”饴（yí），麦芽糖。

維筍及蒲

奕奕梁山，维禹甸之，有倬其道。韩侯受命，王亲命之：「缵戎祖考，无废朕命。
夙夜匪解，虔共尔位。朕命不易，榦不庭方，以佐戎辟。」

○四牡奕奕，孔脩且张。韩侯入觐，以其介圭，入觐于王。
王锡韩侯，淑旂绥章，簟茀错衡，玄衮赤舄，钩膺镂钖，鞹鞃浅幭，鞗革金厄。

○韩侯出祖，出宿于屠。显父饯之，清酒百壶。其殽维何？炰鳖鲜鱼。
其蔌维何？维笋及蒲。其赠维何？乘马路车。笾豆有且，侯氏燕胥。

○韩侯取妻，汾王之甥，蹶父之子。
韩侯迎止，于蹶之里。百两彭彭，八鸾锵锵，不显其光。
诸娣从之，祁祁如云。韩侯顾之，烂其盈门。

○蹶父孔武，靡国不到，为韩姞相攸，莫如韩乐。
孔乐韩土，川泽訏訏，鲂鱮甫甫，麀鹿噳噳，有熊有罴，有猫有虎。
庆既令居，韩姞燕誉。

○溥彼韩城，燕师所完。以先祖受命，因时百蛮。
王锡韩侯，其追其貊，奄受北国，因以其伯。
实墉实壑，实亩实籍。献其貔皮，赤豹黄罴。

笋，竹笋。蒲，香蒲，水生，嫩时可食。

維筍及蒲

傳筍竹也

箋竹萌也

薄采其茆

傳茆鳧葵也集傳葉大如手赤圓而滑江南人謂之蓴菜者也○本草茆是蓴菜然鳧葵爲荇菜一名

薄采其茆

鲁颂·泮水

思乐泮水，薄采其芹。鲁侯戾止，言观其旂，其旂茷茷，鸾声哕哕。无小无大，从公于迈。

思乐泮水，薄采其藻。鲁侯戾止，其马跻跻。其马跻跻，其音昭昭。载色载笑，匪怒伊教。

思乐泮水，薄采其茆。鲁侯戾止，在泮饮酒。既饮旨酒，永锡难老。顺彼长道，屈此群丑。

穆穆鲁侯，敬明其德，敬慎威仪，维民之则，允文允武，昭假烈祖。靡有不孝，自求伊祜。

明明鲁侯，克明其德。既作泮宫，淮夷攸服。矫矫虎臣，在泮献馘。淑问如皋陶，在泮献囚。

茆（mǎo），凫葵，今名莼菜。朱熹所言，取自陆《疏》。冈元凤据《本草》，茆是莼菜，凫葵是荇菜的别名。实则莼菜、荇菜同类，古人皆称为凫葵。二菜生水中，凫喜食之，故称凫葵。

参“参差荇菜”条。

济济多士，克广德心。桓桓于征，狄彼东南。烝烝皇皇，不吴不扬。不告于讻，在泮献功。

角弓其觩，束矢其搜。戎车孔博，徒御无斁。既克淮夷，孔淑不逆。式固尔犹，淮夷卒获。

翩彼飞鸮，集于泮林，食我桑黮，怀我好音。

憬彼淮夷，来献其琛，元龟象齿，大赂南金。

蓺之荏菽

傳荏菽戎菽也箋大豆也

○管子山戎出荏菽布之天下註即胡豆也胡豆一名戎菽

蓺之荏菽

大雅·生民

厥初生民，时维姜嫄。生民如何？克禋克祀，以弗无子。
履帝武敏，歆，攸介攸止，载震载夙，载生载育，时维后稷。

诞弥厥月，先生如达，不坼不副，无菑无害。
以赫厥灵，上帝不宁。不康禋祀，居然生子。

诞寘之隘巷，牛羊腓字之；诞寘之平林，会伐平林；
诞寘之寒冰，鸟覆翼之。
鸟乃去矣，后稷呱矣。实覃实訏，厥声载路。

诞实匍匐，克岐克嶷，以就口食。
蓺之荏菽，荏菽旆旆，禾役穟穟，麻麦幪幪，瓜瓞唪唪。

蓺，种植。荏菽，又名胡豆，郑《笺》以为“荏菽”是大豆，即今之大豆、黄豆。

○诞后稷之穑，有相之道。茀厥丰草，种之黄茂。
实方实苞，实种实褎，实发实秀，
实坚实好，实颖实栗，即有邰家室。
○诞降嘉种：维秬维秠，维穈维芑。恒之秬秠，是获是亩。
恒之穈芑，是任是负，以归肇祀。
○诞我祀如何？或舂或揄，或簸或蹂，释之叟叟，烝之浮浮。
载谋载惟，取萧祭脂，取羝以軷。载燔载烈，以兴嗣岁。
○卬盛于豆，于豆于登。其香始升，上帝居歆，胡臭亶时。
后稷肇祀，庶无罪悔，以迄于今。

維秬維秠

傳秬黑黍也秠一稃二米也
孔疏秬是黑黍之大名一稃
二米是其嘉異者别名為秠
稃音孚穀皮也

維秬維秠

大雅·生民

原诗见「藪之荏菽」条。（页一七九）

秬（jù），黑黍。秠（pī），一个壳中含有两粒米的黍。

維穈維芑

大雅·生民

原诗见「蓺之荏菽」条。（页一七九）

穈（mén），谷子的一种，初生时叶纯赤。
芑（qǐ），高粱的一种，初生时苗色微白。

維穈維芑

傳穈赤苗也芑白苗也集傳

穈赤粱粟也芑白粱粟也

貽我來牟

傳牟麥集傳來小麥

牟大麥也

贻我來牟

周颂·思文

思文后稷，克配彼天。
立我烝民，莫匪尔极，贻我来牟。
帝命率育，无此疆尔界，陈常于时夏。

贻，赠送。来牟，即麦的合音，泛指麦子。朱熹《集传》区分为大、小麦，恐非。

爰采麦矣

鄘风·桑中

原诗见「爰采唐矣」条。（页〇五三）

爰，在什么地方。麦，就是小麦，秋天播种，第二年夏成熟。

爰采麥矣　見來牟
集傳麥穀名秋種夏熟者

以薅荼蓼

傳蓼水草也集傳荼陸草蓼水草一物而有水陸之異也今南方人猶謂蓼爲辣荼或用以毒溪取魚即所謂荼毒也○孔疏蓼是穢草荼亦穢草非苦菜也釋草云荼委葉郭氏引此詩則此荼謂委葉也

以薅荼蓼

周颂·良耜

畟畟良耜，俶载南亩。播厥百谷，实函斯活。
或来瞻女，载筐及筥。其饷伊黍，其笠伊纠。
其镈斯赵，以薅荼蓼。荼蓼朽止，黍稷茂止。
获之挃挃，积之栗栗。其崇如墉，其比如栉。
以开百室，百室盈止，妇子宁止。
杀时犉牡，有捄其角。以似以续，续古之人。

薅（hāo），除草。荼，委叶；蓼，水蓼。《毛诗正义》引王肃云："荼，陆秽。蓼，水草。"朱熹《集传》以为是一物，有水陆之异，陆生为荼，水生为蓼；并以为南方人称蓼为辣荼，用来毒溪中之鱼，就是"荼毒"一词的来历。诗中以荼、蓼，泛指陆田、水田中各种秽草。

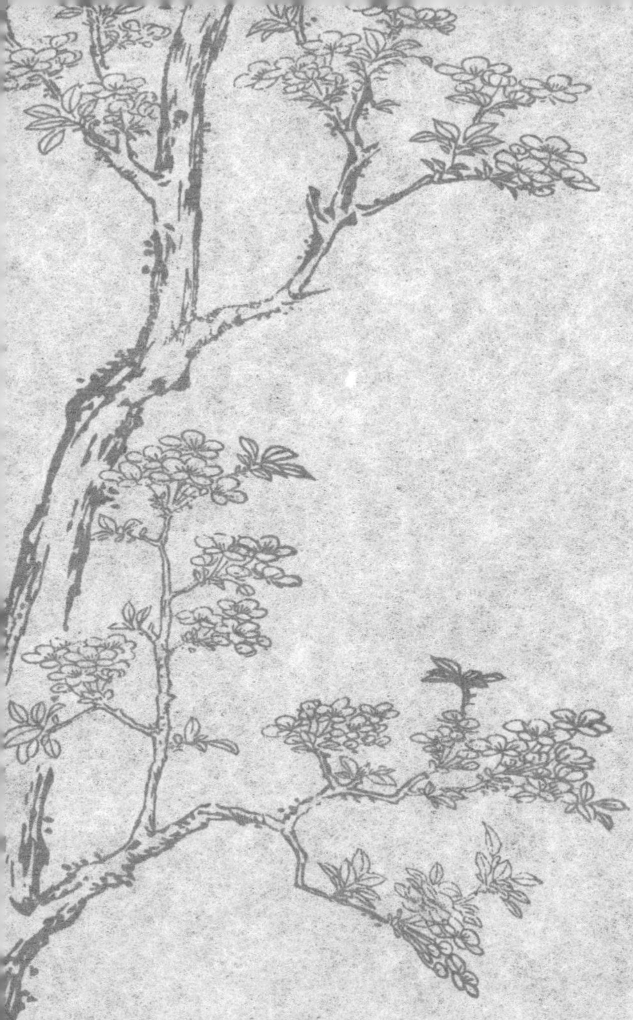

卷三

木部

桃之夭夭，
灼灼其华。

桃之夭夭

周南·桃夭

桃之夭夭，灼灼其华。之子于归，宜其室家。
桃之夭夭，有蕡其实。之子于归，宜其家室。
桃之夭夭，其叶蓁蓁。之子于归，宜其家人。

桃，桃树。夭夭，少壮茂盛的样子。

毛詩品物圖攷卷三

木部

桃之夭夭

傳桃有華之盛者

集傳華紅實可食

言刈其楚

箋楚雜薪之中尤翹翹者集傳荊屬。孔疏薪雖皆高楚尤翹翹而高也李時珍云牡荊其生成叢而疎爽故又謂之楚享保中來漢種今多有之其葉頗似參故俗呼參樹形狀如時珍所說

言刈其楚

周南·汉广

原诗见「言刈其蒌」条。（页〇一三）

刈（yì），割。楚，《说文》："丛木，一名荆也。"虽是灌木，但长得很高，枝条疏朗。

享保，日本中御门天皇年号，凡20年，相当于公元1716至1735年。享保年间，此木种传入日本，因其叶长得像参叶，所以在当地被称为参树。

蔽芾甘棠

召南·甘棠

蔽芾甘棠，勿翦勿伐，召伯所茇。
蔽芾甘棠，勿翦勿败，召伯所憩。
蔽芾甘棠，勿翦勿拜，召伯所说。

蔽芾（fèi），树木高大茂密貌。甘棠，即棠梨，又叫杜梨，野梨的一种，树似梨而小，果实霜后可食。《尔雅·释木》：“杜，赤棠。白者棠。”邢昺疏引陆《疏》云：“赤棠与白棠同耳，但子有赤白美恶。子白色为白棠，甘棠也，少酢滑美。赤棠子涩而酢无味，俗语云‘涩如杜’是也。”日本的许多山中有此树，称作“谷利莫趱”或“革他柰施”（日语训读谐音）。

蔽芾甘棠

傳甘棠杜也集傳杜梨也白者為棠赤者為杜

○棠梨野梨也此云穀利莫護又云革他柰施山中處處有之樹似梨而小葉有團者有斜者有三叉者實如小楝子有赤白味不佳

有杕之杜

傳杜赤棠也○見甘棠

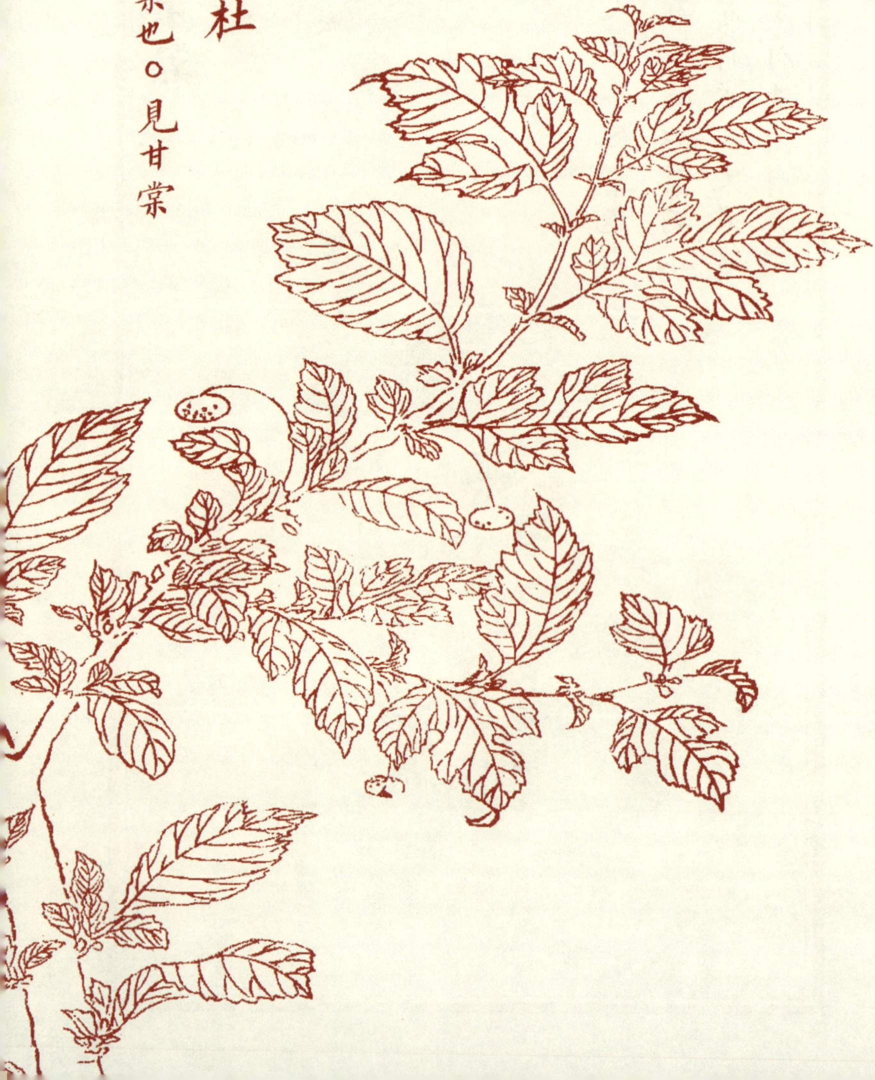

有杕之杜

唐风·杕杜

有杕之杜，其叶湑湑。独行踽踽。岂无他人，不如我同父。嗟行之人，胡不比焉？人无兄弟，胡不佽焉？

有杕之杜，其叶菁菁。独行睘睘。岂无他人，不如我同姓。嗟行之人，胡不比焉？人无兄弟，胡不佽焉？

杕（dì），孤生独特貌。

標有梅

召南 · 摽有梅

摽有梅，其实七兮。求我庶士，迨其吉兮。

摽有梅，其实三兮。求我庶士，迨其今兮。

摽有梅，顷筐塈之。求我庶士，迨其谓之。

摽（biào），毛《传》："落也。"闻一多《诗经新义》以为摽即古抛字。有，词头，无义。梅，酸梅，花白色，果实类似杏，但较酸。《陆疏广要》以为《尔雅》所释梅，均非"摽有梅"之梅。杭（qiú），杭树即山楂树。槩，音jì。

据《宋稗类抄》卷六所载，铁脚道人和雪咽之者，乃是梅花，非"摽有梅"之梅。

摽有梅

集傳華白實似杏而酢○陸疏廣要爾雅凡三釋梅俱非吳下佳品一云梅柟葢交讓木也一云時英梅葢雀梅似梅而小者也一云朹繫梅葢朹樹狀如梅子似小柰者也銕脚道人和雪嚥之寒香沁入肺腑者廼是摽有梅之梅爾雅未有釋文真一欠事

林有樸樕

傳樸樕小木也○郭璞云樸屬叢生者為枹毛傳謂是也

林有樸樕

召南·野有死麕

野有死麕，白茅包之。有女怀春，吉士诱之。

林有朴樕，野有死鹿。白茅纯束，有女如玉。

舒而脱脱兮，无感我帨兮，无使尨也吠。

朴樕（sù），木名，又名槲樕（hú sù），陈启源《毛诗稽古编》云："槲樕与栎相类，华叶似栗，亦有斗，如橡子而短小。有二种，小者丛生，大者高丈余，名大叶栎。"《毛传》以为"林有朴樕"指的是第一种，属丛生灌木类。

唐棣之華

召南·何彼襛矣

何彼襛矣？唐棣之华。
曷不肃雝？王姬之车。
何彼襛矣？华如桃李。
平王之孙，齐侯之子。
其钓维何？维丝伊缗。
齐侯之子，平王之孙。

唐棣，马瑞辰《毛诗传笺通释》以为乃“常棣”之讹。常棣，即赤棣。
《名物疏》，指《六家诗名物疏》，明冯复京撰。

陈藏器《本草拾遗》云：“（扶移木）生江南山谷，树大十数围，无风叶动，华反而后合。”冈元凤所绘唐棣，非扶移木。

唐棣之華

傳唐棣栘也集傳似白楊○名物疏唐棣常棣棣是二種爾雅云唐棣栘本草謂之扶栘木一名高飛一名獨搖自是楊類雖得棣名而實非棣也

華如桃李

集傳李華白實可食

華如桃李

召南·何彼襛矣

原诗见「唐棣之华」条。（页二〇六）

李，同《大雅·抑》“投我以桃，报之以李”的李，木名，花白色，果圆形，紫红色，可以吃。

汎彼柏舟

鄘风·柏舟

泛彼柏舟，在彼中河。
髧彼两髦，实维我仪。
之死矢靡它。
母也天只！不谅人只！

泛彼柏舟，在彼河侧。
髧彼两髦，实维我特。
之死矢靡慝。
母也天只！不谅人只！

泛彼，即泛泛，漂浮的样子。柏舟，用柏木制的船。柏，柏树。掬，音jū。《群芳谱》以为柏树种类非一种，但只有侧柏，即叶扁而侧生者，可以入药。冈元凤认为日本柏树亦有多种，扁柏最为珍贵。

汎彼柏舟

傳柏木所以宜爲舟也。羣芳譜柏一名掬樹聳直皮薄肌膩三月開細鎖花結實成毬狀如小鈴多瓣九月熟霜後瓣裂中有子大如麥芬香可愛種類非一入藥惟取葉扁而側生者名側柏此方柏亦多種類扁柏爲貴園林多植之

吹彼棘心

傳棘難長養者集傳小木叢生多刺難長園有棘傳棘棗也○嚴緝李氏曰南風長養萬物物情喜樂故曰凱風棘酸棗也山陰陸氏曰棘性堅强費風之長養者四時纂要曰四月棗葉生凱風之時也魏風云園有棘棘酸棗也於果為下又釋木棗注引孟子趙岐注云樲棘小棗所謂酸棗也朱氏集解云樲棘小棗非美材也

吹彼棘心

邶风·凯风

凯风自南，吹彼棘心。棘心夭夭，母氏劬劳。
凯风自南，吹彼棘薪。母氏圣善，我无令人。
爰有寒泉，在浚之下。有子七人，母氏劳苦。
睍睆黄鸟，载好其音。有子七人，莫慰母心。

棘，酸枣树。棘心，指酸枣树初发的嫩芽，其色赤，不久即变绿。严《缉》指宋人严粲的《诗缉》。李氏曰云云，李巡注《尔雅》之语。山阴陆氏，指宋陆佃，所引见《埤雅》卷十三。

*《四时纂要》，唐朝韩谔著，是有关农事的书。

* 朱氏《集解》，指朱熹的《孟子集注》，《集解》云云，见《告子章句上》。

山有榛

邶风·简兮

原诗见「隰有苓」条。（页〇四六）

棣，树名，《毛诗正义》引陆《疏》云："栗属，其子小，似柿子，表皮黑，味如栗是也。"《尔雅翼》："枝茎如木蓼，叶如牛李色，高丈余，子如小栗，其核中悉如李，生则胡桃味，膏烛又美，亦可食啖。"榛树干较高大，果实像小栗子，可以吃。《尔雅翼》卷九以为关中多产榛树，关中原是秦地，榛即由秦而得名。本书作者冈元凤认为榛子树种是从朝鲜传入的，在日本也多有栽种。

山有榛

集傳榛似栗而小。爾雅翼禮記鄭玄註言關中甚多此果關中秦地也榛之從秦蓋取此意榛子從朝鮮來此方亦多有之

樹之榛栗

集傳榛栗二木其實榛小栗大○陸疏云倭韓國諸島上栗大如鷄子倭中栗丹波出者為佳大如鷄蛋味美

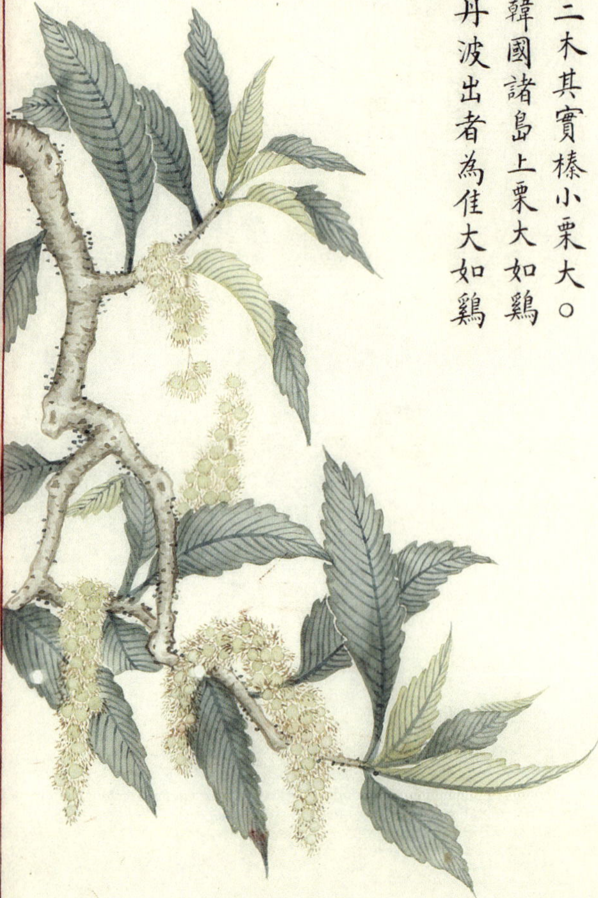

樹之榛栗

鄘风·定之方中

定之方中，作于楚宫。揆之以日，作于楚室。
树之榛栗，椅桐梓漆，爰伐琴瑟。
升彼虚矣，以望楚矣。
望楚与堂，景山与京，降观于桑。
卜云其吉，终然允臧。
灵雨既零，命彼倌人，星言夙驾，说于桑田。
匪直也人，秉心塞渊，骍牝三千。

树，种植。榛，见前条“山有榛”。栗，落叶乔木，叶椭圆形，果实有硬壳，可以吃，味甘香，俗称为板栗。倭，古代对日本的称呼。丹波，日本古国名，在今京都一带。

椅桐梓漆

鄘风·定之方中

原诗见「树之榛栗」条。（页 二一七）

梓（zǐ），楸一类的树，与楸不同的是，梓树有白色纹理且结籽。椅，木质类似梓树，树皮类似桐树。《本草纲目》曰："梓木处处有之，有三种。木理白者为梓，赤者为楸，梓之美文者为椅。"桐，梧桐，有青桐、白桐、赤桐之分，白桐可用来制琴瑟等乐器。漆，树名，树汁可作颜料，用以粉饰器物，所以称作漆树。

*《通志略》，指郑樵《通志·昆虫草木略》。

椅桐梓漆

傳椅梓屬集傳椅梓實桐皮。埤雅椅即是梓梓即是楸蓋楸之疎理而白色者為梓梓實桐皮曰椅其實兩木大類同而小别也按椅梓同類而小異在古不甚分别故爾雅同釋詩人則分稱無有一定已此方梓謂之異異己里梓謂之挨革迷革施華楸謂之已索索傑

桐

集傳梧桐也。桐白桐也梧桐别見

漆

集傳木有液黏黑可飾器物。嚴緝椅桐可為琴瑟梓漆可供器用但言伐琴瑟者取成句耳

梓

集傳楸之疎理白色而生子者。通志畧云梓與楸自異生子不生角此說雖非古亦能辨之

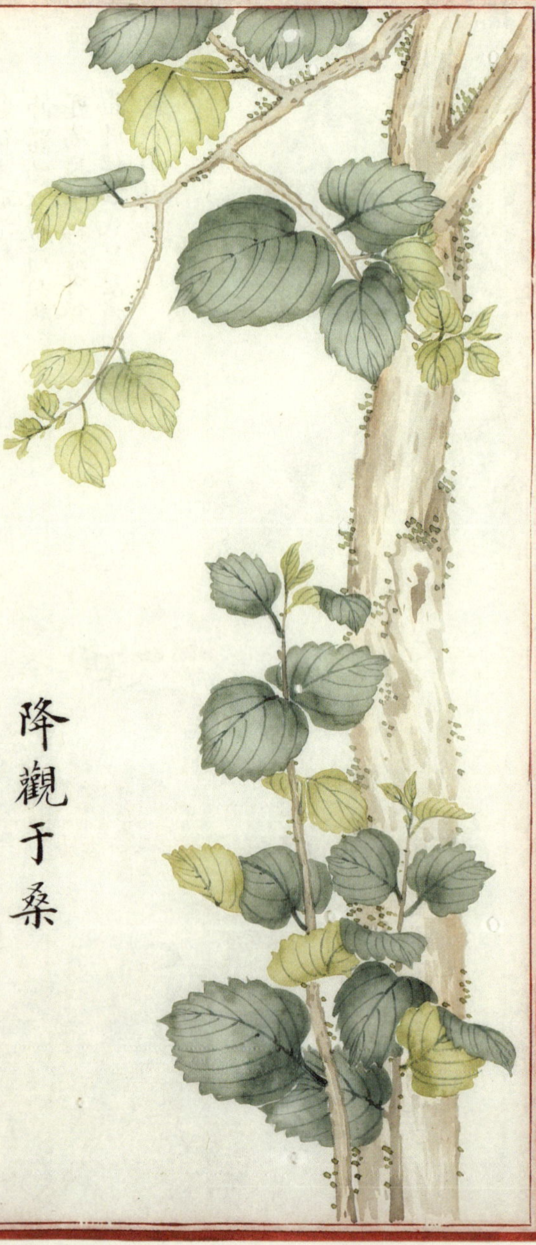

降觀于桑

集傳桑葉可飼蠶

者桑實曰葚

降觀于桑

鄘风·定之方中

原诗见「树之榛栗」条。（页二一七）

桑，桑树，落叶乔木。叶子可用来养蚕，果实称作桑葚。此处诗中之“桑”，指桑田。

檜楫松舟

卫风 · 竹竿

籊籊竹竿，以钓于淇。
岂不尔思，远莫致之。
泉源在左，淇水在右。
女子有行，远兄弟父母。
淇水在右，泉源在左。
巧笑之瑳，珮玉之傩。
淇水滺滺，桧楫松舟。
驾言出游，以写我忧。

桧（guì），树名，即圆柏，一名栝。叶子像柏树，树干像松树。《尔雅 · 释木》："桧，柏叶松身。"桧楫，用桧木做的楫。松舟，用松木做的船。

檜楫松舟
傳檜栢葉松身集
傳似栢○爾雅翼
檜今人謂之圓栢
以别於側栢

投我以木瓜

傳木瓜楙木也可食之木集傳實如小瓜酢可食○圖經木瓜其木狀似柰其花生於春末而深紅色其實大者如瓜小者如拳爾雅謂之楙享保中來漢種官園在焉

投我以木瓜

卫风·木瓜

投我以木瓜，报之以琼琚。匪报也，永以为好也。
投我以木桃，报之以琼瑶。匪报也，永以为好也。
投我以木李，报之以琼玖。匪报也，永以为好也。

投，抛、掷。木瓜，又名楙（mào），落叶灌木，果实形如黄金瓜，可以吃，但味不佳，现在一般用于观赏。冈元凤认为享保年间（1716—1735）此树种传入日本。

*《图经》，指苏颂《图经》。

投我以木桃　投我以木李

卫风·木瓜

原诗见「投我以木瓜」条。（页　二二七）

木桃，木李，《诗经注析》胪列三种解释。第一种，木桃，又名樝（zhā）子，落叶灌木，果实圆形或卵形，有香味，供盆栽清赏；木李，又名木梨，落叶灌木，果实圆形或洋梨形，有香味，可生食。第二种，胡承珙认为木桃、木李，就是指桃和李。第三种，明朱谋玮《诗故》以为木瓜、木桃、木李"皆刻木为果，以充笾实者"。按，胡承珙之说，与《辨解》之说相同，而《辨解》采取的是蔡卞的说法。

蔡卞字元度，故又被称为蔡度。北宋人，著《毛诗名物解》。

投我以木桃　投我以木李

辨解云木桃木李直是桃李 木字無意義蔡度說可從

不流束蒲

傳蒲草也箋蒲蒲柳集傳春秋傳云董澤之蒲杜氏云蒲楊柳可以為箭者是也○孔疏箋以首章言薪下言蒲楚則蒲楚是薪之木名不宜為草故易傳以蒲為柳陸璣疏云蒲柳有兩種皮正青者曰小楊其一種皮紅者曰大楊其葉皆長廣似柳葉皆可以為箭幹故春秋傳曰董澤之蒲可勝既乎今又以為箕鑵之楊也

不流束蒲

王风·扬之水

扬之水，不流束薪。彼其之子，不与我戍申。怀哉怀哉！曷月予还归哉？

扬之水，不流束楚。彼其之子，不与我戍甫。怀哉怀哉！曷月予还归哉？

扬之水，不流束蒲。彼其之子，不与我戍许。怀哉怀哉！曷月予还归哉？

蒲，蒲柳，即水杨。

*《春秋传》，指《左传》，“董泽之蒲”，《宣公十二年》文。

* 杜氏，指杜预。

無折我樹杞

郑风·将仲子

将仲子兮，无逾我里，无折我树杞。
岂敢爱之，畏我父母。
仲可怀也，父母之言，亦可畏也。
将仲子兮，无逾我墙，无折我树桑。
岂敢爱之，畏我诸兄。
仲可怀也，诸兄之言，亦可畏也。
将仲子兮，无逾我园，无折我树檀。
岂敢爱之，畏人之多言。
仲可怀也，人之多言，亦可畏也。

杞，杞柳，杨柳科，落叶丛生灌木，枝条黄绿色或带紫色。麄，同“粗”。“南山有杞”，出自《小雅·南山有台》。“在彼杞棘”，出自《小雅·湛露》。“集于苞杞”，出自《小雅·四牡》。“言采其杞”，出自《小雅·杕杜》、《小雅·北山》。“隰有杞桋”，出自《小雅·四月》。

無折我樹杞

集傳杞柳屬也生水傍樹如柳葉麄而白色理微赤○嚴緝詩有三杞鄭風無折我樹杞柳屬也小雅南山有杞在彼杞棘山木也集于苞杞言采其杞隰有杞桋枸杞

無折我樹檀

傳檀彊韌之木集傳檀皮青

滑澤材彊韌可為車○未詳

無折我樹檀

郑风·将仲子

原诗见「无折我树杞」条。（页二三二）

檀，木名，《毛诗正义》引陆《疏》："檀木皮正青滑泽，与檕迷相似，又似驳马。驳马，梓榆。"

檀有黄、白、紫三种，陆《疏》所言是青檀。

《论衡·状留篇》曰："树檀以五月生叶，后彼春荣之木，其材强劲，车以为轴。"

颜如舜華

郑风·有女同车

有女同车，颜如舜华。
将翱将翔，佩玉琼琚。
彼美孟姜，洵美且都。
有女同行，颜如舜英。
将翱将翔，佩玉将将。
彼美孟姜，德音不忘。

舜，通蕣，木槿，落叶灌木，夏秋开花，花有红、白、紫色。《毛诗正义》引陆《疏》："舜，一名木槿，一名榇，一名曰椴。齐、鲁之间谓之王蒸。今朝生暮落者是也。五月始华，故《月令》'仲夏，木槿荣'。"

*《花史》十卷，明吴彦匡撰。《花史》以为舜是槿的一种，冈元凤认为不合古义。

顏如舜華

傳舜木槿也集傳樹如李其花朝生暮落○埤雅槿一名舜蓋瞬之義取諸此花史等書舜為槿中一種非古義也

山有扶蘇

傳扶蘇扶胥小木也。孔疏釋木無文傳言扶胥小木者毛當有以知之未詳

山有扶蘇

郑风·山有扶苏

原诗见「隰有荷华」条。（页〇七八）

陈奂《诗毛氏传疏》指出，毛《传》“小木也”，“小”字是衍文。段玉裁《说文解字注》：“扶疏谓大木枝柯四布。”把扶苏解作大树枝叶茂盛之貌。但胡承珙《毛诗后笺》以为扶苏即枎木，是树木的名字。

折柳樊圃

齐风·东方未明

东方未明，颠倒衣裳。颠之倒之，自公召之。
东方未晞，颠倒裳衣。倒之颠之，自公令之。
折柳樊圃，狂夫瞿瞿。不能辰夜，不夙则莫。

柳，柳树，枝条柔韧，叶片细长，极易生长。樊，篱笆，此处用作动词，围篱笆。圃，菜园。

折柳樊圃

傳柳柔脆之木集傳揚之下垂者○埤雅柔脆易生與楊類同縱橫顛倒植之皆生

山有樞

傳樞荎也
集傳今刺
榆也○陸
疏樞其針
刺如柘其
葉如榆陳
藏器云江
南有刺榆
無大榆刺
榆秋實

山有樞

唐风·山有枢

山有枢，隰有榆。子有衣裳，弗曳弗娄。子有车马，弗驰弗驱。宛其死矣，他人是愉。

山有栲，隰有杻。子有廷内，弗洒弗扫。子有钟鼓，弗鼓弗考。宛其死矣，他人是保。

山有漆，隰有栗。子有酒食，何不日鼓瑟，且以喜乐，且以永日。宛其死矣，他人入室。

枢，又称刺榆，枝条上生有针刺，像柘树一样；叶子椭圆形，类似榆树。

* 陈藏器，唐开元时人，撰《本草拾遗》十卷。

隰有榆

唐风·山有枢

原诗见「山有枢」条。（页二四三）

隰，低湿的地方。榆，落叶乔木，早春开花，俗称榆钱，可以吃。按《尔雅·释木》，白榆为枌。

朱熹认为“隰有榆”之榆是白枌，《说约》以为这是承陆玑之误。然陈启源《毛诗稽古编》卷六云：“此袭《说文》而误也。《草木疏》无此语。”

《说约》云云，见本书卷八。

*《说约》，指《诗经说约》，明顾梦麟撰。

隰有榆

集傳榆白枌也

○說約榆之類凡十餘種樞為刺榆則榆正總名也釋木云榆白枌孫炎曰榆白者為枌枌亦榆之一種陸璣釋榆云白枌也集傳因之非是

山有栲

傳栲山樗也集傳似樗色小白葉差狹

山有栲

唐风·山有枢

原诗见「山有枢」条。（页二四三）

栲，《尔雅·释木》：“山樗。”樗（chū），郭璞注：“栲似樗，色小白，生山中，因名之。亦类漆树。”邢昺疏引陆《疏》云：“山樗与下田樗略无异，叶似差狭耳……此为栲者，似误也。今所云为栲者，叶如栎木，皮厚数寸，可为车辐，或谓之栲栎。”胡承珙《毛诗后笺》曰：“栲名山樗，而实非樗类。郭注《尔雅》云‘似樗’者，或谓其叶及皮色之似耳。《豳风》《小雅》，毛《传》皆云：‘樗，恶木也。’此诗取兴于山隰之木可为材用，不应及樗。且此及《小雅》皆以栲、杻并举，杻既强韧，中为车辋，则陆《疏》以栲为栲栎，‘皮厚数寸，可为车辐’者近之。”

隰有杻

唐风·山有枢

原诗见「山有枢」条。（页二四三）

杻（niǔ）又名檍，《说文解字》作檍，《尔雅·释木》："杻，檍。"郭璞注："似棣，细叶，叶新生可饲牛。"檍树俗称万年木，可用作弓箭和盾牌。

冈元凤认为杻树即日本的女贞树。日语训读谐音为"年事密貌地"或"的刺紫跋已"。

*《大和本草》，18世纪日本人贝原益轩著。

隰有杻

傳杻檍也集傳葉似杏而尖白色皮正赤其理多曲少直材可為弓弩幹者也○按陸璣云杻枝葉茂好二月中葉疏華如楝而細蕊正白正名曰萬歲既取名于億萬此即女貞木實如鼠屎者此方云年事容貌地一云的刺紫跛已大和本草檍為挨和已辨解為總名共非

椒聊之實

傳椒聊椒也箋椒之性芬香而少實集傳椒似茱萸有針刺其實味辛而香烈聊語助也　毛晉據爾雅朻者聊疑椒聊之聊非語辭可謂穿鑿矣

椒聊之實

唐风·椒聊

椒聊之实，蕃衍盈升。彼其之子，硕大无朋。椒聊且，远条且。

椒聊之实，蕃衍盈匊。彼其之子，硕大且笃。椒聊且，远条且。

椒，花椒，落叶小乔木，类似茱萸，枝干生有针刺，果实味辛香，用以调味或入药。聊，陆《疏》以为语助词，朱《传》从之，毛晋认为“聊为木无疑”，冈元凤认为毛晋穿凿附会。闻一多《风诗类钞》：“草木实聚生成丛，古语叫做‘聊’，今语叫做‘嘟噜’。”

集于苞栩

唐风·鸨羽

原诗见「不能蓺稻粱」条。（页〇九四）

集，栖息。苞，草木丛生的样子。栩（xǔ），栎树。《说文解字》以为栩、柔、橡、栎是同一种树木。栩又称为杼。

集于苞栩

傳栩杼也集傳柞櫟也其子為皂斗殼可以染皂者是也○陸疏徐州人謂櫟為杼或謂之為栩其實為皂栩櫟為一物

山有苞櫟

傳櫟木也○見栩

山有苞櫟

秦风·晨风

鴥彼晨风，郁彼北林。未见君子，忧心钦钦。如何如何，忘我实多。

◦山有苞栎，隰有六驳。未见君子，忧心靡乐。如何如何，忘我实多。

◦山有苞棣，隰有树檖。未见君子，忧心如醉。如何如何，忘我实多。

栎，即栩。

隰有楊

秦风·车邻

有车邻邻，有马白颠。
未见君子，寺人之令。
阪有漆，隰有栗。
既见君子，并坐鼓瑟。
今者不乐，逝者其耋。
阪有桑，隰有杨。
既见君子，并坐鼓簧。
今者不乐，逝者其亡。

隰，低湿之地。杨，杨树，落叶乔木，有多个品种。

隰有楊

集傳楊柳之
楊起者

有條有梅

傳條槄集傳條山楸也皮葉白色亦白材理好宜為車阪○爾雅槄山榎注今之山楸此與條柚之條不同　梅傳柟也○陸疏梅似豫章大木也名物疏陸璣所釋有條有梅自是柟木似豫章者豫章大樹可以為棺舟者也條梅二木共未詳

有條有梅

秦风·终南

终南何有？有条有梅。君子至止，锦衣狐裘，颜如渥丹，其君也哉！

终南何有？有纪有堂。君子至止，黻衣绣裳，佩玉将将，寿考不忘。

条，楸树。丁晏校本陆《疏》："条，槄（tāo）也，今山楸也，亦如下田楸耳。皮色白，叶亦白，材理好，宜为车板，能湿，又可为棺木。宜阳共北山多有之。"楸（qiū）、榎（jiǎ）同种类，但稍有区别。《尔雅·释木》："楸小叶曰榎。"

梅，毛《传》释为枏木，枏即楠字。丁本陆《疏》云："梅树皮叶似豫章，叶大如牛耳，一头尖，赤心，华赤黄，子青，不可食。枏叶大，可三四叶一丛，木理细致于豫章，子赤者材坚，子白者材脆。荆州人曰梅。终南及新城、上庸皆多樟枏。终南与上庸、新城通，故亦有枏也。"

隰有六駁

秦风·晨风

原诗见「山有苞栎」条。（页 二五五）

驳，有两种解释。《尔雅·释畜》解为兽，为毛《传》所本；陆《疏》解为梓榆，为《集传》所本。冈元凤同意陆玑的解释。

隰有六駮

傳駮如馬倨牙食虎豹集傳駮梓榆也其青皮白如駮○駮駮音同集傳依陸疏辨解云青皮當作皮青陸疏云山有苞棣隰有樹檖皆山隰之木相配不宜謂獸

隰有樹檖

傳檖赤羅也集傳實似梨而小酢可食○埤雅檖木文細密如羅亦有華者俗謂之羅錦

隰有樹檖

秦风·晨风

原诗见「山有苞栎」条。（页二五五）

树，直立的样子。檖，树名，又叫赤罗、山梨，果实长得很像梨，但要小些，可以吃，味道稍酸。《毛诗正义》引陆《疏》："檖，一名赤罗，一名山梨，今人谓之杨檖，实如梨，但小耳。一名鹿梨，一名鼠梨。今人亦种之，极有脆美者，亦如梨之美者。"

東門之枌

陈风·东门之枌

原诗见「视尔如荍」条。（页一〇二）

东门，陈国的城门。枌，白榆。毛《传》本《尔雅·释木》，朱《传》本郭注。徐鼎《毛诗名物图说》云：“《诗》所陈榆者四。《唐风》‘隰有榆’，统名也。‘山有枢’，刺榆也。《秦》‘隰有六驳’，梓榆也。《陈》‘东门之枌’，白榆也。”

東門之枌

傳枌白榆也集傳先生葉卻著莢皮色白

猗彼女桑

傳女桑荑桑也箋女桑少枝長條不枝落者集傳小桑也

猗彼女桑

豳风·七月

原诗见「八月断壶」条。（页〇三三）

猗（yī），通掎，牵拉。女桑，荑桑，古人称呼小桑树为“女桑”。小桑枝条柔弱细少，所以不砍伐桑枝，而是牵拉使之弯曲来采集桑叶。《尔雅》郭注：“今俗呼桑树小而条长者为女桑树。”

六月食鬱及薁

豳风·七月

原诗见「八月断壶」条。（页〇三三）

薁，本书卷二草部“六月食郁及薁”已有解释。郁，毛《传》释为棣属，即郁李。见“常棣之华”条。

六月食鬱及薁

傳鬱棣屬○鬱是常棣屬孔疏謂唐棣之類屬亦混見常棣條

八月剝棗

埤雅大者棗小者棘

八月剥枣

豳风·七月

原诗见「八月断壶」条。（页〇三三）

剥，扑的假借字，毛《传》训为击。枣，枣树，落叶乔木，叶长卵形，绿色，枝干生有刺针，果实长圆形，成熟后红色，可以吃，味甘甜。棘，酸枣树。

采荼薪樗

豳风·七月

原诗见「八月断壶」条。（页〇三三）

荼，苦菜。薪，柴，此处用作动词取柴。樗（chū），臭椿，与香椿树同属落叶乔木，但香椿味美可以吃，而樗有臭气不可以吃。夏季开花，花为白色。

*《图经》，指苏颂《图经》。

采荼薪樗

傳樗惡木也○陸疏樗樹及皮皆似漆青色耳其葉臭圖經椿樗二木形榦大抵相類但椿木實而葉香樗木踈而氣臭

集于苞杞

傳杞枸檵也

集于苞杞

小雅·四牡

四牡骓骓，周道倭迟。岂不怀归？王事靡盬，我心伤悲。
四牡騑騑，啴啴骆马。岂不怀归？王事靡盬，不遑启处。
翩翩者鵻，载飞载下，集于苞栩。王事靡盬，不遑将父。
翩翩者鵻，载飞载止，集于苞杞。王事靡盬，不遑将母。
驾彼四骆，载骤骎骎。岂不怀归？是用作歌，将母来谂。

集，栖息。苞，草木丛生的样子。杞，枸杞，落叶小灌木，丛生，茎干长有刺针。夏秋开花，淡紫色，结实为红色球形浆果，可以入药。

常棣之華

小雅·常棣

常棣之华，鄂不韡韡。凡今之人，莫如兄弟。
死丧之威，兄弟孔怀。原隰裒矣，兄弟求矣。
脊令在原，兄弟急难。每有良朋，况也永叹。
兄弟阋于墙，外御其务。每有良朋，烝也无戎。
丧乱既平，既安且宁。虽有兄弟，不如友生。
傧尔笾豆，饮酒之饫。兄弟既具，和乐且孺。
妻子好合，如鼓瑟琴。兄弟既翕，和乐且湛。
宜尔室家，乐尔妻帑。是究是图，亶其然乎！

常棣，郁李。冈元凤认为日本所生长榔李树有两种，称为“尼黄索忽赖”（日语训读谐音）的是常棣，称为“尼黄乌眉”（日语训读谐音）的就是《七月》中所说的“郁”。

常棣之華

傳常棣棣也集傳子如櫻桃可食○常棣注本或作棠棣埤雅棠棣如李而小子如櫻桃正白花萼上承下覆甚相親爾致富全書椰李俗名壽李高五六尺叢生開細花或紅或白繁穠可愛綱目郁李郁馥郁也花實俱香故以名之爾雅棠棣即此此方郁李樹二種曰尼黄索忽賴常棣是也曰尼黄烏眉七月鬱是也

維常之華

傳常棣也

維常之華

采薇采薇，薇亦作止。曰归曰归，岁亦莫止。
靡室靡家，猃狁之故。不遑启居，猃狁之故。

采薇采薇，薇亦柔止。曰归曰归，心亦忧止。
忧心烈烈，载饥载渴。我戍未定，靡使归聘。

采薇采薇，薇亦刚止。曰归曰归，岁亦阳止。
王事靡盬，不遑启处。忧心孔疚，我行不来。

彼尔维何？维常之华。彼路斯何？君子之车。
戎车既驾，四牡业业。岂敢定居，一月三捷。

驾彼四牡，四牡骙骙。君子所依，小人所腓。
四牡翼翼，象弭鱼服。岂不日戒，猃狁孔棘。

昔我往矣，杨柳依依。今我来思，雨雪霏霏。
行道迟迟，载渴载饥。我心伤悲，莫知我哀。

常，即是常棣。

山有苞棣

秦风·晨风

原诗见「山有苞栎」条。（页二五五）

马瑞辰《毛诗传笺通释》考证“常棣之华”，毛《传》当作“常棣，移也”；而“山有苞棣”，毛《传》作“棣，唐棣也”不误。指出毛亨所见《尔雅》原当作“唐棣，棣；常棣，移”。《说文解字》以棣为白棣，则常棣当是赤棣，白棣、赤棣，都是郁李之类。

*《致富全书》，陈眉公著。

山有苞棣

傳棣唐棣也。按

唐棣當是常棣傳

云唐棣移常棣棣

也正與爾雅合然

則不得謂棣為唐

棣常棣見下

楊柳依依

傳楊柳蒲柳也○楊柳一物二種如楊柳依依則合而言之非有差別

杨柳依依

小雅·采薇

原诗见「维常之华」条。（页二七九）

杨柳，柳的一种，指名“杨”之柳，此柳又名蒲柳，即《王风·扬之水》“不流束蒲”之蒲。依依，枝叶茂盛的样子。

徐鼎《毛诗名物图说》：“杨柳二种，《诗》分而言之者，《齐风》‘折柳樊圃’，《秦风》‘隰有杨’、《陈风》‘东门之杨’是也；合而言之者，《小雅》‘杨柳依依’是也。然枝劲而扬起者曰杨，枝弱而下垂者曰柳，实不同也。”

南山有杞

小雅·南山有台

原诗见「南山有台」条。（页一四七）

杞，严粲《诗缉》以为山木，陈奂《诗毛氏传疏》以为枸杞。严粲之说与《集传》相同，《集传》根据的是《经典释文》引陆《疏》。

徐鼎《毛诗名物图说》云："《湛露》'在彼杞棘'，山木也。"梓杞又名枸骨，俗称鸟不宿、猫儿刺，冬青科小乔木。

参见本卷"集于苞杞"条。

南山有杞

集傳杞樹如樗一名狗骨

南山有枸

傳枸枳枸集傳樹高大似白楊有子著枝端大如指長數寸噉之甘美如飴八月熟亦名木蜜

南山有枸

小雅·南山有台

原诗见「南山有台」条。（页一四七）

枸（jǔ），又名枳枸，枸亦作椇。落叶乔木，夏季开花，结小球形果实，红棕色，味甜，可以吃。崔豹《古今注》云：“枳椇子，一名树蜜，一名木饧，实形拳曲，核在实外，味甜美如饧蜜。”

北山有楰

小雅 · 南山有台

原诗见「南山有台」条。（页一四七）

楰（yú），苦楸，木似山楸而黑，《诗经注析》：“今名女贞。”《诗经直解》：“楰，鼠梓，又名大女贞、冬青树、蜡树。木犀科，常绿灌木或小乔木。”冈元凤又指出，鼠李也叫鼠梓，但与楰的花、实都不一样，应该是另外的一种植物，只是同名而已。

北山有楰

傳楰鼠梓集傳樹葉木理如楸亦名苦楸。圖經鼠梓楸屬鼠李一名鼠梓或云即此然花實都不相類恐别一物而名同爾

其下維穀

傳穀惡木也集傳一名楮。穀亦作構酉陽襍俎穀田久廢必生構葉有瓣曰楮無瓣曰構陸疏今江南人績其皮為布又擣以為紙謂之穀皮紙長數丈潔白甚好

其下維穀

小雅·鹤鸣

鹤鸣于九皋，声闻于野。鱼潜在渊，或在于渚。
乐彼之园，爰有树檀，其下维萚。
它山之石，可以为错。
鹤鸣于九皋，声闻于天。鱼在于渚，或潜在渊。
乐彼之园，爰有树檀，其下维穀。
它山之石，可以攻玉。

穀（gǔ），木名，也叫楮（chǔ）树，落叶乔木，叶子卵圆形。树皮可用来织布、造纸。其汁白色，可团丹砂。《毛诗正义》引陆《疏》云："幽州人谓之穀桑，荆扬人谓之穀，中州人谓之楮。"

徐鼎《毛诗名物图说》云："楚人呼乳为穀，今木中白汁如乳，故亦名穀……恶木，易生皮斑者为楮，白者为穀。"

＊《酉阳杂俎》，唐段成式撰。

隰有杞桋

小雅·四月

四月维夏，六月徂暑。先祖匪人，胡宁忍予？
秋日凄凄，百卉具腓。乱离瘼矣，爰其适归？
冬日烈烈，飘风发发。民莫不穀，我独何害。
山有嘉卉，侯栗侯梅。废为残贼，莫知其尤。
相彼泉水，载清载浊。我日构祸，曷云能穀。
滔滔江汉，南国之纪。尽瘁以仕，宁莫我有。
匪鹑匪鸢，翰飞戾天。匪鳣匪鲔，潜逃于渊。
山有蕨薇，隰有杞桋。君子作歌，维以告哀。

隰，低洼之地。杞，枸杞。桋（yí），赤楝。楝，音sè。《尔雅·释木》："桋，赤楝，白者楝。"邢疏引陆《疏》："楝，叶如柞，皮薄而白。其木理赤者为赤楝，一名桋；白者为楝。其木皆坚韧，今人以为车毂。"《集传》云云，郭璞注《尔雅》之语。

隰有杞桋

傳杞枸檵也桋赤楝也集傳桋樹葉細而岐鋭皮理錯戾好叢生山中中為車輞。杞見前桋未詳

蔦與女蘿

傳蔦寄生也集傳葉

似當盧子如覆盆子

赤黑甜美

蔦與女蘿

小雅·頍弁

原诗见卷二草部「茑与女萝」条。（页一六三）

茑与女萝，出自《小雅·頍弁》。茑（niǎo），
或写作樢，又名寄生。女萝，松萝。
参本书卷二草部“茑与女萝”条。

維柞之枝

小雅·采薇

原诗见「言采其芹」条。（页一六四）

柞（zuò），树名，木材可做凿柄，所以又叫凿子木，橡栎的一种，灌木，丛生，有刺。

維柞之枝

箋柞之葉新將生故乃落于地集傳櫟也柞棫拔矣註枝長葉盛叢生有刺○孔疏柞葉新將生故乃落于地其枝常有葉嚴緝曹氏曰柞堅忍之木其葉附著甚固此乃鑿子木但柞棫之柞當作柞櫟看而集傳似混柞櫟見栩

柞棫拔矣

傳棫白桵也集傳小木亦叢生有刺。陸疏棫即柞也其材理全白無赤心者為白桵直理易破蓋亦柞櫟中一種此方柞櫟亦種類非

柞棫拔矣

大雅·绵

原诗见「堇荼如饴」条。（页一七一）

棫（yù），《尔雅·释木》解释为白桵（ruí），郭璞注："桵，小木丛生，有刺，实如耳珰，紫赤，可啖。"徐鼎《毛诗名物图说》云："叶细似枸杞而狭长，花白，子附茎生，紫赤色，大如五味子。华实蕤蕤下垂，故谓之桵。柞木亦名棫，而材理实异。"拔，拔除。

榛楛濟濟

大雅·旱麓

瞻彼旱麓，榛楛济济。岂弟君子，干禄岂弟。
瑟彼玉瓒，黄流在中。岂弟君子，福禄攸降。
鸢飞戾天，鱼跃于渊。岂弟君子，遐不作人？
清酒既载，骍牡既备。以享以祀，以介景福。
瑟彼柞棫，民所燎矣。岂弟君子，神所劳矣。
莫莫葛藟，施于条枚。岂弟君子，求福不回。

榛，树名，本卷“山有榛”条已有释。楛（hù），树名，《毛诗正义》引陆《疏》曰：“楛木茎似荆而赤，其叶如蓍，上党人篾以为筥箱，又屈以为钗也。”《毛诗名物图说》引《图经》云：“有青赤二种。青者荆，赤者楛。嫩条皆可为筥筐。古者贫妇以荆为钗，即此二木也。”

榛楛濟濟

集傳楛似荆而赤。陸疏形似荆而赤莖似蓍。楛未詳

其灌其栵

傳栵栭也集傳栵行生者也○綱目栗之小如指頂者為茅栗即爾雅栭栗也一名栵栗可炒食之此方名施拔忽刹然灌已為叢生則集傳栵為行生者其義長矣

其灌其栵

大雅·皇矣

皇矣上帝，临下有赫，监观四方，求民之莫。
维此二国，其政不获。维彼四国，爰究爰度。
上帝耆之，憎其式廓，乃眷西顾，此维与宅。

作之屏之，其菑其翳。修之平之，其灌其栵。
启之辟之，其柽其椐。攘之剔之，其檿其柘。
帝迁明德，串夷载路。天立厥配，受命既固。

帝省其山，柞棫斯拔，松柏斯兑。
帝作邦作对，自大伯王季。
维此王季，因心则友，则友其兄，则笃其庆。
载锡之光，受禄无丧，奄有四方。

维此王季，帝度其心，貊其德音。
其德克明，克明克类，克长克君，王此大邦，克顺克比。
比于文王，其德靡悔。既受帝祉，施于孙子。

灌，灌木。栵（liè），《尔雅·释木》、毛《传》、《说文》皆释为栭，郭璞注《尔雅》：“树似槲樕而庳小，子如细栗，可食，今江东亦呼为栭栗。”《经典释文》引舍人注《尔雅》：“江淮之间呼小栗为栭栗。”《毛诗正义》引陆《疏》曰：“叶如榆也，木理坚韧而赤，可为车辕。”栭栗即小栗，又称茅栗。《本草纲目》曰：“栗之大者为板栗……小如指顶者为茅栗。”王引之《经义述闻》卷六谓栵为木经斩伐而重生者，《诗经注析》从之。

帝谓文王，无然畔援，无然歆羡，诞先登于岸。
密人不恭，敢距大邦，侵阮徂共。
王赫斯怒，爰整其旅，以按徂旅，以笃于周祜，以对于天下。

依其在京，侵自阮疆，陟我高冈。
无矢我陵，我陵我阿；无饮我泉，我泉我池。
度其鲜原，居岐之阳，在渭之将，万邦之方，下民之王。

帝谓文王，予怀明德，不大声以色，
不长夏以革，不识不知，顺帝之则。
帝谓文王，询尔仇方，同尔兄弟，
以尔钩援，与尔临冲，以伐崇墉。

临冲闲闲，崇墉言言。执讯连连，攸馘安安。
是类是祃，是致是附，四方以无侮。
临冲茀茀，崇墉仡仡。
是伐是肆，是绝是忽，四方以无拂。

其檉其椐

傳檉河柳也集傳似楊赤色生河邊○檉柳今日御柳處處多種頗易生活然未見至大木者其日御柳亦是漢名且五雜俎檉柳形狀花鏡詳之

其柽其椐

大雅·皇矣

原诗见「其灌其栵」条。（页 三〇三）

柽（chēng），《尔雅·释木》解释为河柳。叶细如丝，婀娜可爱。一年开三次花，又称为三春柳。天之将雨，能感气而应，故又名雨师。

椐《尔雅·释木》解释为樻，又名扶老杖、灵寿木，叶圆而锐，树节肿大。冈元凤不知其为何物，大概清初时日本还无此树种。江村如圭《诗经名物辨解》以为椐就是日本的山绣毬，冈元凤以为非是。

*《五杂俎》，明谢肇淛著。

*《花镜》，明末清初人陈淏子著。

其檿其柘

大雅·皇矣

原诗见「其灌其栵」条。（页三〇三）

檿（yǎn），山桑，叶小于桑而有点纹。材质坚韧，可用来制弓。柘（zhè），柘树，《说文》：“桑属。”木材坚硬，可为弓矢。叶可饲蚕，又可染色。染成黄赤色，称为柘黄，是帝王服饰的颜色。檿在中国称山桑，冈元凤言在日本未详何物；柘，在中国称柘树，冈元凤言在日本称山桑。

其檿其柘

傳檿山桑也

集傳檿與柘皆美材可為弓榦又可蠶也

○檿在此方未詳柘呼山桑者即是也

梧桐生矣
傳梧桐柔木也

梧桐生矣

大雅·卷阿

有卷者阿，飘风自南。岂弟君子，来游来歌，以矢其音。
○伴奂尔游矣，优游尔休矣。岂弟君子，俾尔弥尔性，似先公酋矣。
○尔土宇昄章，亦孔之厚矣。岂弟君子，俾尔弥尔性，百神尔主矣。
○尔受命长矣，茀禄尔康矣。岂弟君子，俾尔弥尔性，纯嘏尔常矣。
○有冯有翼，有孝有德，以引以翼。岂弟君子，四方为则。
○颙颙卬卬，如珪如璋，令闻令望。岂弟君子，四方为纲。
○凤皇于飞，翙翙其羽，亦集爰止。
蔼蔼王多吉士，维君子使，媚于天子。
○凤皇于飞，翙翙其羽，亦傅于天。
蔼蔼王多吉人，维君子命，媚于庶人。
○凤皇鸣矣，于彼高冈。梧桐生矣，于彼朝阳。
菶菶萋萋，雝雝喈喈。
○君子之车，既庶且多。君子之马，既闲且驰。矢诗不多，维以遂歌。

梧桐，树名，落叶乔木，生长甚快，木质松软，故毛《传》解释为柔木。

卷四

鳥部

关关雎鸠，
在河之洲。

關關雎鳩

周南·关雎

原诗见「参差荇菜」条。（页〇〇二）

关关，象声词，雄雌两鸟和鸣的声音。雎（jū）鸠，即王雎，水鸟名，好在江渚河边食鱼，后人称之为鱼鹰。雎鸠是鸷鸟，生有定偶，交则双翔，别则异处，性不好淫，取以比淑女之德，故曰“鸟挚而有别”。

毛詩品物圖攷卷四

浪華岡元鳳纂輯

鳥部

關關雎鳩

傳雎鳩王雎也鳥摯而有别集傳水鳥也狀類鳧鷖今江淮間有之生有定偶而不相亂偶常並遊而不相狎故毛傳以為摯而有别。摯與鷙通雎鳩鷙鳥也翺翔水上扇魚攫而食之大小如鴟

黃鳥于飛

傳黃鳥摶黍也集傳黃鳥鸝也○黃鳥鶯即黃鸝一名摶黍一名倉庚一名商倉一名鵹黃一名鸝鶬一名楚雀一名黃袍一名金衣公子吾國黃鳥希見南海山中有之大于紫寓家頭背黃綠腹淡白有眉黑色國中古來通以報春代充黃鳥取其音圓活亦可賞

黄鳥于飛

周南·葛覃

原诗见「葛之覃兮」条。（页〇〇五）

黄鸟，鸟名，又叫抟黍，今名黄雀。冈元凤说日本罕见此鸟，日本人自古以报春鸟充作黄鸟。

有鳴倉庚

豳风·七月

原诗见「八月断壶」条。（页〇三三）

仓庚，即黄莺。

从陆玑、朱熹开始，将黄鸟与仓庚合而为一，但毛《传》释黄鸟为抟黍，释仓庚为离黄，《尔雅》亦分释，则黄鸟与仓庚不同。冈元凤认为黄鸟多名，黄鸟即仓庚，是沿承了陆玑、朱熹旧说。

有鳴倉黃

傳倉黃離黃也集
傳黃鸝也○見黃鳥條

維鵲有巢

集傳鵲善為巢其巢最為完固○西海諸州多有之大如慈烏長尾尖嘴尾翮黑白相雜

維鵲有巢

召南·鹊巢

维鹊有巢，维鸠居之。之子于归，百两御之。
维鹊有巢，维鸠方之。之子于归，百两将之。
维鹊有巢，维鸠盈之。之子于归，百两成之。

维，语首助词。鹊，喜鹊，善于垒巢。冈元凤说日本西海各州有很多这种鸟。

維鳩居之

召南·鹊巢

原诗见「维鹊有巢」条。（页 三二一）

鸠，鸤（shī）鸠，即布谷。传说鸤鸠不善筑巢，常侵占鹊巢。此诗“维鹊有巢，维鸠居之”是比兴，用鸠居鹊巢，比喻妇嫁夫家。冈元凤认为“鸠”就是日本古代称为“也埋法秃”的鸟。

維鳩居之

傳鳲鳩秸鞠也集傳鳩性拙不能為巢或有居鵲之成巢者○按毛氏以秸鵴解之然大抵諸鳩拙于為巢故禽經云拙者莫如鳩不能為巢此鳩不必指一種秸鵴見下鳩古云也埋法秃對異園法秃今人偏呼綠色者為也埋法秃是青鵻也鴿為異園法秃

誰謂雀無牙

古今注雀一名家賓

誰謂雀無牙

召南·行露

厌浥行露，岂不夙夜，谓行多露。
谁谓雀无角，何以穿我屋。
谁谓女无家，何以速我狱。
虽速我狱，室家不足。
谁谓鼠无牙，何以穿我墉。
谁谓女无家，何以速我讼。
虽速我讼，亦不女从。

雀，麻雀。角，鸟嘴。《古今注》，晋崔豹著。崔无牙，通行本作“崔无角”。

燕燕于飞

邶风·燕燕

燕燕于飞，差池其羽。之子于归，远送于野。瞻望弗及，泣涕如雨。

燕燕于飞，颉之颃之。之子于归，远于将之。瞻望弗及，伫立以泣。

燕燕于飞，下上其音。之子于归，远送于南。瞻望弗及，实劳我心。

仲氏任只，其心塞渊。终温且惠，淑慎其身。先君之思，以勖寡人。

燕，即《商颂》之玄鸟，又名鳦（yì）。燕，像鸟形而得名。玄鸟，因鸟色而得名。鳦，因鸟声而得名。冈元凤越燕、胡燕的说法，见陶隐居《本草注》。

燕燕于飛

傳燕燕鳦也集傳謂之燕燕燕者重言之也○身輕小胸紫而多聲名越燕斑黑臆白而聲大名胡燕

雄雉于飛

集傳雉野雞雄者有冠長尾身有文采善鬬

雄雉于飞

邶风·雄雉

雄雉于飞，泄泄其羽。我之怀矣，自诒伊阻。
雄雉于飞，下上其音。展矣君子，实劳我心。
瞻彼日月，悠悠我思。道之云远，曷云能来。
百尔君子，不知德行。不忮不求，何用不臧。

雉，野鸡。徐鼎《毛诗名物图说》曰：“雉俗呼为野鸡，其名昉于汉高，以吕太后名雉，故易名为野鸡。”

雝雝鳴雁

邶风·匏有苦叶

原诗见「匏有苦叶」条。（页〇二九）

雝雝（yōng），雁和鸣声。雁，候鸟，秋天南飞，春天北归。

雝雝鳴雁

集傳雁似鵞畏寒

秋南春北

流離之子

傳流離鳥也少好長醜○集傳以為漂散之義非鳥名按楊升菴文集引尹子曰詩詠流離史書梟獍流離鳥名少好長醜蓋毛鄭舊説也爾雅鳥少美長醜為鶹鷅郭云鶹鷅猶流離陸疏自關而西謂梟為流離流離之為鳥不可改也

流離之子

邶风·旄丘

旄丘之葛兮，何诞之节兮！叔兮伯兮，何多日也！
何其处也？必有与也。何其久也？必有以也。
狐裘蒙戎，匪车不东。叔兮伯兮，靡所与同。
琐兮尾兮，流离之子。叔兮伯兮，褎如充耳。

流离，毛亨解释为鸟名，朱熹解释为漂散，冈元凤认为毛亨是对的。流离即鹠鹂，陆玑解释为枭，但马瑞辰《毛诗传笺通释》、胡承珙《毛诗后笺》、郝懿行《尔雅义疏》皆认为不是枭。
《史记·封禅书》曰：“祠黄帝用一枭破镜。”破镜即獍，旧说枭为恶鸟，生而食母，獍为恶兽，生而食父。

*《杨升庵文集》，明朝杨慎著。杨慎号升庵。

有鸮萃止

陈风·墓门

墓门有棘，斧以斯之。
夫也不良，国人知之。
知而不已，谁昔然矣。
墓门有梅，有鸮萃止。
夫也不良，歌以讯之。
讯予不顾，颠倒思予。

鸮（xiāo），亦作枭，今名猫头鹰。冈元凤以为，鸮、枭、鹏是一物，鸱，又名鸱鸮，与鸮不同。

然胡承珙《毛诗后笺》卷十二经过仔细辨析后指出："《诗》或言鸱，或言鸮，或言鸱鸮，皆一物也。"徐鼎《毛诗名物图说》也认为："枭也、鸮也、鸱也，一物也。"《大全》所言，见明胡广《诗传大全》卷七。

有鴞萃止　見流離條

傳鴞惡聲之鳥也集傳鴟鴞惡聲之鳥也○大全濮氏曰漢書云霍山家鴞數鳴楚辭注鴟鴞二物又云鴟似鴞本草云其實一耳陸氏曰今謂之鵂鶹亦曰怪鴟按鴞一名梟又名鵩賈誼所賦是也此云福古魯鴟是怪鴟一名鴟鴞此云搖宅各共惡聲之鳥瞻卬云為梟為鴟可知分明是二物但鴟又稱鴟鴞故致紛紜耳集傳鴞為鴟鴞者謬矣

莫黑匪烏

集傳烏鴉黑色皆不祥之物人所惡見者也○烏之雌雄相似而難辨因樹屋書影云烏其翼左掩右者為雄右掩左者為雌一說焚其毛置水中沉者為雄浮者為雌此說是本草弘景謂恐止是鵲未詳其然

莫黑匪烏

邶风·北风

北风其凉，雨雪其雱。
惠而好我，携手同行。
其虚其邪！既亟只且！
北风其喈，雨雪其霏。
惠而好我，携手同归。
其虚其邪！既亟只且！
莫赤匪狐，莫黑匪乌。
惠而好我，携手同车。
其虚其邪！既亟只且！

乌，鸟名，徐鼎《毛诗名物图说》云：“纯黑者谓乌……小而腹下白者谓雅乌。”今统称为乌鸦。

*《因树屋书影》，明末清初周亮工著。

鴻則離之

邶风·新台

新台有泚，河水瀰瀰。燕婉之求，籧篨不鲜。

新台有洒，河水浼浼。燕婉之求，籧篨不殄。

鱼网之设，鸿则离之。燕婉之求，得此戚施。

鸿，毛亨、朱熹皆释为大雁。冈元凤说鸿喜欢吃菱的果实，日语俗称为“肥施古乙”（训读谐音）。闻一多《诗经通义》认为鸿是虾蟆，可备一说。离，附著，捕获。

鴻則離之

鴻雁于飛傳大曰鴻小曰雁集傳鴻雁之大者○鴻好食菱實故俗呼肥施古乙

鶉之奔奔

集傳鶉鵪屬○本草鶉大如鷄雛頭細而無尾有斑點雄者足高雌者足卑無斑者為鵪有斑者為鶉此方未見無斑者

鹑之奔奔

鄘风·鹑之奔奔

鹑之奔奔，鹊之彊彊。人之无良，我以为兄。

鹊之彊彊，鹑之奔奔。人之无良，我以为君。

鹑（chún），鹌鹑。古人认为有鹌和鹑之分，现在统称为鹌鹑。奔奔，飞的样子。

于嗟鸠兮 無食桑葚

卫风·氓

氓之蚩蚩，抱布贸丝。匪来贸丝，来即我谋。
送子涉淇，至于顿丘。匪我愆期，子无良媒。将子无怒，秋以为期。

乘彼垝垣，以望复关。不见复关，泣涕涟涟；既见复关，载笑载言。
尔卜尔筮，体无咎言。以尔车来，以我贿迁。

桑之未落，其叶沃若。于嗟鸠兮！无食桑葚！
于嗟女兮！无与士耽！士之耽兮，犹可说也；女之耽兮，不可说也。

桑之落矣，其黄而陨。自我徂尔，三岁食贫。
淇水汤汤，渐车帷裳。女也不爽，士贰其行。士也罔极，二三其德。

三岁为妇，靡室劳矣。夙兴夜寐，靡有朝矣。言既遂矣，至于暴矣。
兄弟不知，咥其笑矣。静言思之，躬自悼矣。

及尔偕老，老使我怨。淇则有岸，隰则有泮。总角之宴，言笑晏晏。
信誓旦旦，不思其反。反是不思，亦已焉哉！

于，通吁。吁、嗟，皆是叹词。鸠，毛《传》依《尔雅》释为鹘（gǔ）鸠，今人一般认为鹘鸠就是斑鸠。体形类似山雀，毛色青黑，短尾，喜欢吃桑葚。

＊《小宛》，《小雅》篇名。

于嗟鳩兮無食桑葚

傳鳩鶻鳩也食葚甚過則醉而傷其性集傳似山雀而小短尾青黑色多聲○小宛鳴鳩一物鸒鳩也嚴緝辨五鳩其説可從李時珍云今夏月出一種糠鳩微帶紅色小而成羣好食桑椹及半夏苗即此也

鷄棲于塒

説文知
時畜也

鷄棲于塒

王风·君子于役

君子于役，不知其期。曷至哉？鸡栖于埘，日之夕矣，羊牛下来。君子于役，如之何勿思！

君子于役，不日不月。曷其有佸？鸡栖于桀，日之夕矣，羊牛下括。君子于役，苟无饥渴。

鸡，家畜。《说文》“知时畜”，指的是公鸡。埘（shí），在墙上挖洞而砌成的鸡窝。

弋凫與雁

郑风·女曰鸡鸣

女曰鸡鸣，士曰昧旦。子兴视夜，明星有烂。
将翱将翔，弋凫与雁。

弋言加之，与子宜之。宜言饮酒，与子偕老。
琴瑟在御，莫不静好。

知子之来之，杂佩以赠之。
知子之顺之，杂佩以问之。
知子之好之，杂佩以报之。

弋（yì），射。以生丝做绳，系在箭上射鸟，叫做弋。凫，水鸭子，多为黑色，背毛有纹理。

弋鳧與雁

集傳鳧水鳥如鴨青色背上有文○爾雅鳧雁醜其足蹼其踵企郭云腳指間有幕蹼屬相著飛即伸其腳跟企直

肅肅鴇羽

傳鴇之性不樹止集傳似雁而大無後趾○一名獨豹毛有豹文故名孔疏鴇鳥連蹄性不樹止樹止則苦

肃肃鸨羽

唐风·鸨羽

原诗见「不能蓺稻粱」条。（页〇九四）

肃肃，鸟振翅声。鸨（bǎo），野雁。陆德明《释文》：“鸨似雁而大，无后趾。”因无后趾，故不能稳定地栖息在树上，多栖在平原或湖泊边。

鴥彼晨風

秦风·晨风

原诗见「山有苞栎」条。（页二五五）

鴥（yù），鸟疾飞的样子。晨风，鹯（zhān）鸟，鸷鸟的一种，鹞属，常常袭击燕雀等小飞禽而食。

鴥彼晨風

傳晨風鸇也　陸疏似鷂青黃色燕頷勾喙嚮風搖翮乃因風急疾擊鳩鴿燕雀而食之

維鵜在梁
傳鵜洿澤鳥也集傳洿澤水鳥也俗所謂淘河也○鴮鸅音烏澤三國志魏文帝時鵜鶘集靈芝池詔云此詩人所謂汙澤也

維鵜在梁

曹风·候人

彼候人兮，何戈与祋。彼其之子，三百赤芾。
维鹈在梁，不濡其翼。彼其之子，不称其服。
维鹈在梁，不濡其咮。彼其之子，不遂其媾。
荟兮蔚兮，南山朝隮。婉兮娈兮，季女斯饥。

维，发语词。鹈（tí），洿泽，即鹈鹕。好群飞，入水食鱼。梁，捕鱼时筑的坝。陆《疏》:“鹈，水鸟，形如鹗而极大，喙长尺余，直而广，口中正赤，颔下胡大如数升囊，好群飞。若小泽中有鱼，便群共抒水满其胡而弃之，令水竭尽，鱼在陆地，乃共食之，故曰‘淘河’。”

鸤鸠在桑

曹风·鸤鸠

鸤鸠在桑，其子七兮。淑人君子，其仪一兮。其仪一兮，心如结兮。

鸤鸠在桑，其子在梅。淑人君子，其带伊丝。其带伊丝，其弁伊骐。

鸤鸠在桑，其子在棘。淑人君子，其仪不忒。其仪不忒，正是四国。

鸤鸠在桑，其子在榛。淑人君子，正是国人。正是国人，胡不万年。

鸤鸠，即布谷鸟，参看本卷“维鸠居之”条。戴胜，状似雀，头有冠，五色，如方胜，故名。冈元凤认为戴胜与布谷不同，日语称布谷为“紫紫秃利”，称戴胜为“戴匊”。

鳲鳩在桑

傳鳲鳩秸鞠也鳲鳩之養其子朝從上下莫從下上平均如一集傳秸鞠也亦名戴勝今之布穀也○按陸疏鳲鳩鴶鵴今梁宋之間謂布穀為鴶鵴一名擊穀一名桑鳩此方呼紫紫兖利者是也一名勿勿或以兖施摇利谷衣兖之非也戴勝非布穀爾雅疏辨之甚詳此云戴紝是也

七月鳴鵙

傳鵙伯勞也。易通卦驗云博勞夏至應陰而鳴冬至而止故帝少皞以為司至之官嚴粲云五月伯勞始鳴應一陰之氣至七月猶鳴則三陰之候寒將至故七月聞鵙之鳴先時感事也

七月鳴鵙

豳风·七月

原诗见「八月断壶」条。（页〇三三）

鵙（jú），伯劳，古人认为是候鸟，夏至开始鸣叫，到冬至时停止鸣叫。

鸱鸮鸱鸮

豳风·鸱鸮

鸱鸮鸱鸮，既取我子，无毁我室。
恩斯勤斯，鬻子之闵斯。
迨天之未阴雨，彻彼桑土，绸缪牖户。
今女下民，或敢侮予？
予手拮据，予所捋荼，予所蓄租，予口卒瘏。
曰予未有室家。
予羽谯谯，予尾翛翛。
予室翘翘，风雨所漂摇。予维音哓哓。

鸱鸮（chī xiāo），与猫头鹰同属一科，吃鼠、兔等小动物，古人认为是恶鸟。
“为枭为鸱”见《大雅·瞻卬》。
参阅“流离之子”条。

鴟鴞鴟鴞

傳鴟鴞鸋鴂也集傳鴟鴞鵂鶹惡鳥攫鳥子而食者也○鴟鴞衆説紛紛鵂鶹之説可從爲梟爲鴟之鴟同此

鸛鳴于垤

傳鸛好水長鳴而喜也箋鸛水鳥也将陰雨則鳴集傳鸛水鳥似鶴者也○本草鸛頭無丹頂無烏帶身似鶴不善唳但以喙相擊而鳴亦有二種白鸛烏鸛

鸛鳴于垤

豳风·东山

原诗见「果蠃之实」条。（页一一四）

鹳（guàn），水鸟，形似鹭，又似鹤。垤（dié），土堆。《本草》，指寇宗奭《本草衍义》。

翩翩者鵻

小雅·四牡

原诗见「集于苞杞」条。（页二七五）

翩翩，疾飞的样子。鵻（zhuī），鸽。又称夫不、勃姑，都是因鸽鸣叫的谐音而取名。

*《六书故》，宋末元初戴侗撰。

翩翩者鵻

傳鵻夫不也箋夫不鳥之慤謹者集傳今鵓鳩也凡鳥之短尾者皆鵻屬○爾雅翼鵻鳩一名祝又名鵓鳩似斑鳩而臆無繡采六書故鶉鴣斑鳩差小者頸有白點斑聲若布穀又謂勃姑今秃施摇立谷衣也

脊令在原

傳脊令雝渠也飛則鳴行則搖不能自舍耳集傳水鳥也

脊令在原

小雅·常棣

原诗见「常棣之华」条。（页二七六）

脊令，水鸟，又叫鹡鸰、鵰鸰、雝渠、雍渠。《毛诗正义》引陆《疏》，脊令“长脚，长尾，尖喙，背上青灰色，腹下白，颈下黑，如连钱”。张华《禽经》注：“鹡鸰共母者，飞鸣不相离，诗人取以喻兄弟相友之道也。”

鴥彼飛隼

小雅·采芑

原诗见「薄言采芑」条。（页一五二）

鴥（yù），鸟飞迅捷的样子。隼（sǔn），一种猛禽，善飞，袭击别的鸟类而食。陆佃以为，此鸟因每发必中、搏击准确而得名。

鴥彼飛隼

箋隼急疾之鳥也飛乃至天集傳鷂屬急疾之鳥也○似鷹蒼黑色性猛而不悍攫鳥而食不爭羣處並居塒雅鷹之搏噬不能無失獨隼為有隼

鶴鳴九皋

集傳鶴長頸竦身高脚頂赤身頸尾黑其鳴高亮聞八九里○一名仙禽有白有黃亦有灰蒼色世所尚者白鶴

鶴鳴九皋

小雅·鹤鸣

原诗见「其下维穀」条。（页 二九一）

鹤，俗称仙鹤，有黄、白、灰鹤之分，世人以白鹤最高贵。皋，毛《传》释为泽。九皋，言泽之深远广阔。

冈元凤所引《集传》，“身”后脱白字，今据《诗集传》补。

如翬斯飛

小雅·斯干

原诗见「下莞上簟」条。（页一五九）

翬（huī），野鸡，因羽毛有彩色，故亦称锦鸡。诗以锦鸡展翅高飞，比喻建筑物的高峻美丽。

如翬斯飛
箋翬鳥之奇
異者集傳翬
雉○爾雅素
質五采皆備
成章曰翬

宛彼鳴鳩

傳鳴鳩鶻鵰集傳斑鳩也◎詩緝鶻鳩鷽鳩非斑鳩此說是也氓桑葚之鳩及莊子鷽鳩一物見前

宛彼鳴鳩

小雅·小宛

宛彼鸣鸠，翰飞戾天。我心忧伤，念昔先人。明发不寐，有怀二人。

人之齐圣，饮酒温克。彼昏不知，壹醉日富。各敬尔仪，天命不又。

中原有菽，庶民采之。螟蛉有子，蜾蠃负之。教诲尔子，式榖似之。

题彼脊令，载飞载鸣。我日斯迈，而月斯征。夙兴夜寐，毋忝尔所生。

交交桑扈，率场啄粟。哀我填寡，宜岸宜狱。握粟出卜，自何能榖？

温温恭人，如集于木。惴惴小心，如临于谷。战战兢兢，如履薄冰。

宛，弱小的样子。鸣鸠，毛《传》释为鹘鵰。《尔雅》：“鶌鸠，鹘鸼。”鵰、鸼古字通用，鸣鸠即鶌鸠。郭璞注《尔雅》云：“似山雀而小，短尾，青黑色，多声。今江东亦呼为鹘鸼。”

交交桑扈

小雅·小宛

原诗见「宛彼鸣鸠」条。（页三七三）

交交，小的样子。桑扈，又名窃脂。郭璞注《尔雅》："俗呼青雀，觜曲，食肉，喜盗脂膏食之，因以名云。"陈子展《诗经直解》："桑扈虽食谷物果树嫩叶种子，而以肉食昆虫为主。"冈元凤反对朱《传》、《淮南子》的说法。

交交桑扈

傳桑扈竊脂也集傳俗呼青觜肉食不食粟○淮南子云馬不食脂桑扈不食粟此鳥不食粟亦是一說然殊不然

弁彼鸒斯

傳鸒卑居卑居鵶烏也集傳小而多羣腹下白江東呼為鵯烏斯語詞也○鸒稲氏云石磨矢耶烏革落思出加賀白山中腹下白即此也未詳

弁彼鸒斯

小雅 · 小弁

弁彼鸒斯，归飞提提。民莫不穀，我独于罹。
何辜于天，我罪伊何？心之忧矣，云如之何？
踧踧周道，鞫为茂草。我心忧伤，惄焉如擣。
假寐永叹，维忧用老。心之忧矣，疢如疾首。
维桑与梓，必恭敬止。靡瞻匪父，靡依匪母。
不属于毛，不罹于里。天之生我，我辰安在？
菀彼柳斯，鸣蜩嘒嘒。有漼者渊，萑苇淠淠。
譬彼舟流，不知所届。心之忧矣，不遑假寐。

弁（pán），快乐的样子。弁彼，即弁弁。鸒（yù），鸟名。《尔雅 · 释鸟》：“鸒斯，鹎鶋。”郭璞注为：“雅乌也。小而多群，腹下白，江东亦呼为鹎乌。”《小尔雅》：“纯黑而反哺者谓之慈乌，小而腹下白不反哺者谓之雅乌。”日本学者稻若水认为日本的“石磨矢耶乌革落思”即此鸟。

鹿斯之奔，维足伎伎。雉之朝雊，尚求其雌。
譬彼坏木，疾用无枝。心之忧矣，宁莫之知。

相彼投兔，尚或先之。行有死人，尚或墐之。
君子秉心，维其忍之。心之忧矣，涕既陨之。

君子信谗，如或酬之。君子不惠，不舒究之。
伐木掎矣，析薪扡矣。舍彼有罪，予之佗矣。

莫高匪山，莫浚匪泉。君子无易由言，耳属于垣。
无逝我梁，无发我笱。我躬不阅，遑恤我后。

鳶

集傳鳶鷙鳥也其飛上薄雲漢

匪鶉匪鳶 鶉

傳鶉鵰也鶉鳶貪殘之鳥也

匪鷻匪鳶

小雅·四月

原诗见「隰有杞桋」条。（页二九二）

匪，彼。鹑（tuǎn），雕。鸢（yuān），老鹰。鹑、鸢都是凶猛残忍的飞禽。

鸢，即老鹰，鹰善高翔，所以《小雅·四月》有“翰飞戾天”句，《大雅·旱麓》有“鸢飞戾天”句。

鴛鴦于飛

小雅·鸳鸯

鸳鸯于飞，毕之罗之。君子万年，福禄宜之。

鸳鸯在梁，戢其左翼。君子万年，宜其遐福。

乘马在厩，摧之秣之。君子万年，福禄艾之。

乘马在厩，秣之摧之。君子万年，福禄绥之。

鸳鸯，毛《传》释为匹鸟，意思是雌雄常成双成对，故古人常用以比喻夫妻。鸂鶒（xī chì），形大于鸳鸯，而毛色多是紫色，成双成对游于水上，故又称紫鸳鸯。冈元凤引谢灵运《赋》，非是。据《艺文类聚》卷九十二所载，当是谢惠连的《鸂鶒赋》。冈元凤又说日本不产鸳鸯，但常有从国外带进者。

鴛鴦于飛

傳鴛鴦匹鳥也。崔豹古今注鴛鴦凫類雌雄未嘗相離人得其一則一必思而死故謂匹鳥此方所稱屋施是鸂鶒鴛鴦一種而尾有柁者也鴛鴦鸂鶒一類別種而鸂鶒殊美故謝靈運賦云覽水禽之萬類信莫麗於鸂鶒倭中不產鴛鴦時有海舶來者

有集維鷮

傳鷮雉也集傳微小於翟走而且鳴其尾長肉甚美○埤雅薛綜曰雉之健者為鷮尾長六尺

有集維鷮

小雅·车舝

间关车之舝兮，思娈季女逝兮。
匪饥匪渴，德音来括。虽无好友，式燕且喜。
依彼平林，有集维鷮。辰彼硕女，令德来教。
式燕且誉，好尔无射。
虽无旨酒，式饮庶几。虽无嘉殽，式食庶几。
虽无德与女，式歌且舞。
陟彼高冈，析其柞薪；析其柞薪，其叶湑兮。
鲜我觏尔，我心写兮。
高山仰止，景行行止。四牡騑騑，六辔如琴。
觏尔新昏，以慰我心。

有，词头，无义。集，栖息。维，是。鷮（jiāo），野鸡的一种，《说文》：“鷮，长尾雉，走且鸣。”《毛诗正义》引陆《疏》：“鷮，微小于翟也，走而且鸣，曰鷮鷮。其尾长，肉甚美，故林虑山下人语曰：‘四足之美有麃，两足之美有鷮。’”

有鹙在梁

小雅·白华

原诗见「白华菅兮」条。（页一〇九）

鹙（qiū），秃鹙，水鸟，捕食鱼虾。梁，为捕鱼而筑的水坝。郑《笺》："鹙也、鹤也，皆以鱼为美食者也。鹙之性贪恶而今在梁，鹤洁白而反在林，兴王养褒姒而馁申后，近恶而远善。"

*《鲁语》，指《国语·鲁语》。

有鶖在梁

傳鶖禿鶖也箋
鶖之性貪惡○
禿鶖一名扶老
狀如鶴而大頭
項皆無毛張翼
廣五六尺舉頭
高七八尺鳥之
大者魯語海鳥
曰爰居止于東
門之外是也

時維鷹揚

裴氏新書鷹在衆鳥間若睡寐然故積怒而後全剛生馬詩大雅維師尚父時維鷹揚言其武之奮揚也

時維鷹揚

大雅·大明

明明在下，赫赫在上，天难忱斯，不易维王。天位殷适，使不挟四方。
○挚仲氏任，自彼殷商，来嫁于周，曰嫔于京；乃及王季，维德之行。
○大任有身，生此文王。维此文王，小心翼翼，昭事上帝，聿怀多福。
厥德不回，以受方国。
○天监在下，有命既集。文王初载，天作之合。在洽之阳，在渭之涘。
○文王嘉止，大邦有子。大邦有子，伣天之妹。
文定厥祥，亲迎于渭。造舟为梁，不显其光。
○有命自天，命此文王。于周于京，缵女维莘。
长子维行，笃生武王。保右命尔，燮伐大商。
○殷商之旅，其会如林。矢于牧野：「维予侯兴。上帝临女，无贰尔心。」
○牧野洋洋，檀车煌煌，驷騵彭彭。维师尚父，时维鹰扬。
涼彼武王，肆伐大商，会朝清明。

时，是，这。维，语中助词，无义。鹰，猛禽。鹰扬，毛《传》：“如鹰之飞扬也。”

*《裴氏新书》，三国吴裴玄撰。《裴氏新书》今佚，冈元凤所引，见陆佃《埤雅》卷六。

凫鹥在泾

大雅·凫鹥

凫鹥在泾，公尸来燕来宁。尔酒既清，尔殽既馨。公尸燕饮，福禄来成。

凫鹥在沙，公尸来燕来宜。尔酒既多，尔殽既嘉。公尸燕饮，福禄来为。

凫鹥在渚，公尸来燕来处。尔酒既湑，尔殽伊脯。公尸燕饮，福禄来下。

凫鹥在潨，公尸来燕来宗。既燕于宗，福禄攸降。公尸燕饮，福禄来崇。

凫鹥在亹，公尸来止熏熏。旨酒欣欣，燔炙芬芬。公尸燕饮，无有后艰。

凫（fú），野鸭。鹥（yī），白鸥。泾，径直向前的水流。

鳧鷖在涇
傳鷖鳧屬
集傳鷖鷗
也

鳳凰于飛

傳鳳凰靈鳥仁瑞也雄曰鳳雌曰凰

鳳凰于飛

大雅·卷阿

原诗见「梧桐生矣」条。（页三一一）

凤皇，即凤凰，古代传说中的神鸟，雄为凤，雌为凰。《尔雅·释鸟》："鶠凤，其雌皇。"郭璞注："瑞应鸟，鸡头、蛇颈、燕颔、龟背、鱼尾，五彩色，其高六尺许。"

振鷺于飛

周颂·振鹭

振鹭于飞，于彼西雝。
我客戾止，亦有斯容。
在彼无恶，在此无斁。
庶几夙夜，以永终誉。

振，即振振，鸟群飞的样子。鹭，又名舂鉏、白鹭，一种水鸟，《毛诗名物图说》引陆《疏》云："水鸟也，好而洁白，谓之白鸟，青脚长，高尺七八寸，短尾，喙长，头上有长毛十数茎，好取鱼食。"

振鷺于飛

傳鷺白鳥也集傳鷺鷥春鉏今鷺鷥好而潔白頭上有長毛○鷺步於淺水好自低昂如春如鋤之狀故曰春鉏

肇允彼桃蟲

傳桃蟲鷦也鳥之始小終大者集傳桃蟲鷦鷯小鳥也鷦鷯之雛化而為雕言始小而終大也○毛晉云陸疏鴟鴞一條與鷦鷯甚合故先儒援引多及之馮氏名物疏已詳辨矣按鷦鷯生鵰語出焦氏易林不必實然

肇允彼桃蟲

周颂·小毖

予其惩而毖后患，莫予荓蜂，自求辛螫。
肇允彼桃虫，拚飞维鸟，未堪家多难，予又集于蓼。

肇，始。允，信。桃虫，即鷦鷯（jiāo liáo），形体较小，羽毛淡棕色，有黑斑。《毛诗正义》引陆《疏》云：“微小于黄雀，其雏化而为雕，故俗语鷦鷯生雕。”冈元凤认为这种说法未必可信。

* 冯氏《名物疏》，指明冯复京《六家诗名物疏》。

*《焦氏易林》，汉朝焦赣撰。

卷五

獸部

陟彼高冈，我马玄黄。

我馬虺隤

周南·卷耳

原诗见「采采卷耳」条。（页〇〇九）

虺隤（huī tuí），马疲劳力竭不能升高之病。毛《传》以毛色不同把马分为数十种，如赤马黑鬣叫“骝”，白马黑鬣叫“骆”，黄白毛色的叫“皇”，赤皇毛色的叫“骍”，等等。

毛詩品物圖攷卷五

獸部

我馬虺隤

詩中所出色稱亦多辨解詳之

浪華岡元鳳纂輯

麟之趾

集傳麟麕身牛尾馬蹄毛蟲之長也

麟之趾

周南·麟之趾

麟之趾，振振公子，于嗟麟兮！

麟之定，振振公姓，于嗟麟兮！

麟之角，振振公族，于嗟麟兮！

麟，麒麟，我国古代传说中的仁兽。《说文》："麒，仁兽也。麟，牝麒也。"趾，蹄。《广雅·释兽》："麒麟步行中规，折还中矩，游必择土，翔必后处，不履生虫，不折生草。"

誰謂鼠無牙

召南·行露

原诗见「谁谓雀无角」条。

（页三二五）

鼠，俗称老鼠。牙，壮牙，俗称大牙。鼠为啮齿类动物，有齿而无牙

*《典籍便览》，明代范泓著，共八卷。

誰謂鼠無牙
集傳鼠蟲之
可賤惡者○
典籍便覽鼠
一名家兔

羔羊之皮

傳小曰羔大曰羊○伐木既有肥羜羜未成羊也苕之華牂羊羵首牂羊牝羊也生民先生如達達小羊也取羝以軷羝牡羊也

羊生海島者為綿羊剪毛作氊此云索異那哥里

羔羊之皮

召南·羔羊

羔羊之皮，素丝五紽，退食自公，委蛇委蛇。

羔羊之革，素丝五緎。委蛇委蛇，自公退食。

羔羊之缝，素丝五总。委蛇委蛇，退食自公。

冈元凤在此处汇列毛《传》对羊的有关解释的文字。《伐木》，《小雅》篇名。羜，音zhù。《苕之华》，《小雅》篇名。牂，音zǎng。《生民》，《大雅》篇名。軷（bá）冬日祭祀道路之神的礼节；或解释为通剥（bō），意思是剥羊的皮。

野有死麕

召南·野有死麕

原诗见「林有朴樕」条。（页二〇五）

野，郊外。麕（jūn），即獐，是鹿一类的兽。肩，通豜。日本学者稻若水认为日本本土无獐，獐是从朝鲜引进的。

*《还》，《齐风》篇名。

野有死麕

集傳麕獐也鹿屬無角○還並驅從兩肩七月獻豣于公肩豣字同麕有力者凡獐類多麕為總名稻氏云此方無獐水藩嘗致自朝鮮放之於野是以常山有獐焉

無使尨也吠

傳尨狗也集傳犬也○盧令盧令令田犬也駟鐵載獫歇驕皆田犬名長喙曰獫短喙曰歇驕

無使尨也吠

召南·野有死麕

原诗见「林有朴樕」条。（页二〇五）

尨（máng），多毛而凶猛的狗。毛《传》：“卢，田犬也。”田犬，即猎狗。獫（xiǎn），长嘴巴的猎狗。歇骄，通猲骄，短嘴巴的猎狗。

*《卢令》，《齐风》篇名。
*《驷驖》，《秦风》篇名。

壹發五豵

召南·驺虞

原诗见「彼茁者葭」条。（页〇二五）

壹，发语词，无义。发，发箭。五，虚数，指很多。豵（zōng），小猪。

* 潜室陈氏，指宋陈埴，从朱熹游，当时人称潜室先生。

壹發五豵

傳豕牝曰豝一歲曰豵箋生三曰豵集傳豝牡豕也一歲曰豵亦小豕也〇潛室陳氏曰毛傳云豕牝曰豝集傳牡字恐當作牝

于嗟乎騶虞

傳騶虞義獸也
白虎黑文不食
生物有至信之
德則應之○正
字通騶虞或作
騶吾騶牙吾牙
字雖與虞異其
為騶虞一也字
彙分騶虞騶牙
為二獸泥

于嗟乎騶虞

召南·驺虞

原诗见「彼茁者葭」条。（页〇二五）

于嗟乎，叹美之词。驺虞，或释为义兽，或释为虎，或释为天子掌马兽之官，或释为以掌马兽官代指猎人，说解不一。冈元凤认同义兽的解释。

*《正字通》，字典，明张自烈、廖文英撰。
*《字汇》，字典，明梅膺祚撰。

有力如虎

邶风·简兮

原诗见「隰有令」条。（页〇四六）

虎，猛兽，猫科动物，体呈淡黄色或褐色，有黑色横纹。

有力如虎

莫赤匪狐

集傳狐獸名似犬黃赤色

莫赤匪狐

邶风·北风

原诗见「莫黑匪乌」条。（页三三七）

莫，无。匪，非。莫匪，即无非。狐，狐狸。

象之揥也

鄘风·君子偕老

君子偕老，副笄六珈。
委委佗佗，如山如河，象服是宜。
子之不淑，云如之何？
玼兮玼兮，其之翟也。
鬒发如云，不屑髢也。
玉之瑱也，象之揥也，扬且之皙也。
胡然而天也？胡然而帝也？
瑳兮瑳兮，其之展也。
蒙彼绉絺，是绁袢也。
子之清扬，扬且之颜也。
展如之人兮，邦之媛也。

象，象牙。揥（tì），毛《传》：“所以摘发也。”象揥，指用象牙做的簪子。中国云南等地产大象，冈元凤以为中国无象，是错误的。

象之揥也集傳象象骨也○中國無象出交廣及西域吾國享保中廣南獻象記傳至今

羊牛下來
無羊九十
其犉黃牛
黑脣曰犉

羊牛下來

王风·君子于役

原诗见「鸡栖于埘」条。（页 三四五）

羊牛下来，指羊牛从牧地的山坡上走下来归栏。犉（chún），毛《传》："黄牛黑唇曰犉。"《尔雅》："牛七尺曰犉。"

*《无羊》，《小雅》篇名。

有兔爰爰

王风·兔爰

有兔爰爰，雉离于罗。
我生之初尚无为，我生之后逢此百罹。尚寐无吪。
有兔爰爰，雉离于罦。
我生之初尚无造，我生之后逢此百忧。尚寐无觉。
有兔爰爰，雉离于罿。
我生之初尚无庸，我生之后逢此百凶。尚寐无聪。

爰爰，舒缓自如的样子。兔，动物名，有多个品种。

有兔爰爰

並驅從兩狼兮

集傳狼似犬鋭頭白頰高前廣後○陸佃云狼大如狗青色作聲諸竅皆沸善逐獸里語曰狼卜食狼將遠逐食必先倒立以卜所向故獵師遇狼輒喜狼之所嚮獸之所在也

並驅從兩狼兮

齐风·还

子之还兮，遭我乎猱之间兮。并驱从两肩兮，揖我谓我儇兮。
子之茂兮，遭我乎猱之道兮。并驱从两牡兮，揖我谓我好兮。
子之昌兮，遭我乎猱之阳兮。并驱从两狼兮，揖我谓我臧兮。

并驱，两个猎手一起骑马。从，追逐。
狼，猛兽，体形像狗，皮毛多为青黑色。
陆佃所言见《埤雅》。

有縣貆兮

魏风·伐檀

坎坎伐檀兮，寘之河之干兮，河水清且涟猗。
不稼不穑，胡取禾三百廛兮？
不狩不猎，胡瞻尔庭有县貆兮？彼君子兮，不素餐兮。
○坎坎伐辐兮，寘之河之侧兮，河水清且直猗。
不稼不穑，胡取禾三百亿兮？
不狩不猎，胡瞻尔庭有县特兮？彼君子兮，不素食兮。
○坎坎伐轮兮，寘之河之漘兮，河水清且沦猗。
不稼不穑，胡取禾三百囷兮？
不狩不猎，胡瞻尔庭有悬鹑兮？彼君子兮，不素飧兮。

县，通悬，悬挂。貆（huān），李时珍《本草纲目》认为貆与貛同，即今狗貛也。

有縣貆兮

箋貉子曰貆集傳貆貉類

一之日于貉

傳于貉謂取狐貍皮也

集傳貉狐狸也○狐狸貉本自三種貉似貍銳頭尖鼻班色善睡埤雅云詩一之日云云言往祭表貉因取狐貍之皮為裘故傳曰取狐貍皮也直曰貉狐狸也覺牽混難說

一之日于貉

豳风·七月

原诗见「八月断壶」条。（页一〇三三）

一之日，指周历正月的日子，即夏历的十一月。于，往。貉，兽名，似狐而尾短，头锐鼻尖，毛黄褐色，性嗜睡。《埤雅》认为“于貉”是参加表貉之祭的意思，马瑞辰《毛诗传笺通释》也主此说。毛《传》：“于貉，谓取。狐狸，皮也。”此根据陈启源《毛诗稽古编》标点。但陈氏驳斥《埤雅》，仍以貉为兽名。

取彼狐狸

豳风·七月

原诗见「八月断壶」条。（页〇三三）

貒（tuān），猪獾。貈（hé），狗獾。蹯（fān），兽足掌。丑，同类。古人认为狸与狐、貒、貈是同类的兽。

取彼狐貍

爾雅貍狐貒貈醜其足蹯疏說文云蹯掌也此四獸之類皆有掌蹯

呦呦鹿鳴

集傳鹿獸名有角○靈臺麀鹿攸伏麀牝鹿也

呦呦鹿鳴

小雅·鹿鸣

原诗见「食野之苹」条。（页一四〇）

呦呦，群鹿鸣和声。麀，音yōu。鹿，兽名，鹿科动物的总称，通常雄鹿长有角。

*《灵台》，《大雅》篇名。

象弭魚服

小雅·采薇

原诗见「维常之华」条。（页二七九）

象弭（mǐ），用象骨做的弭。《说文》："弭，弓无缘，可以解辔纷者。"缘指用丝线缠绕弓的两端并涂以漆，弭相当于缘一类的弓饰，但不是用丝线缠绕，而是用象骨，其作用是用来解系在车上的缰绳。鱼服，主要有两种解释。其一，陆《疏》："鱼服，鱼兽之皮也。鱼兽似猪，东海有之，一名鱼狸。其皮背上斑文，腹下纯青，今以为弓鞬步叉者也。其皮虽干燥，以为弓鞬矢服，经年，海水将潮及天将雨，其毛皆起水潮，还及天晴，其毛复如故，虽在数千里外，可以知海水之潮气，自相感也。"朱《传》从其说，冈元凤亦从其说。其二，鱼，指鲨鱼；服，箙之省借，箙是盛矢器。鱼服，用鲨鱼皮做的箭袋。

参胡承珙《毛诗后笺》卷十六。

象弭魚服

傳魚服魚皮也箋服矢服也集傳魚獸名似猪東海有之其皮背上斑文腹下純青可為弓鞬○陸疏一名魚貍

維熊維羆

集傳羆似熊而長頭高脚猛憨多力能拔樹○羆未詳

維熊維羆

小雅·斯干

原诗见「下莞上簟」条。（页一五九）

维，是。罴（pí），似熊而高大有力气的兽。《尔雅》：“罴如熊，黄白文。”

投畀豺虎

小雅·巷伯

萋兮斐兮，成是贝锦。彼谮人者，亦已大甚！
哆兮侈兮，成是南箕。彼谮人者，谁适与谋？
缉缉翩翩，谋欲谮人。慎尔言也，谓尔不信。
捷捷幡幡，谋欲谮言。岂不尔受，既其女迁。
骄人好好，劳人草草。苍天苍天！
视彼骄人，矜此劳人！
彼谮人者，谁适与谋？取彼谮人，投畀豺虎；
豺虎不食，投畀有北；有北不受，投畀有昊。
杨园之道，猗于亩丘。寺人孟子，作为此诗。
凡百君子，敬而听之。

投，丢弃。畀（bì），给予。豺，兽名。《尔雅》：“豺，狗足。”《说文》：“豺，狼属狗声。”《急就篇》，汉朝史游撰的幼童启蒙识字书。

* 师古，指唐朝颜师古。

投畀豺虎

急救篇師古註豺深毛而狗足

母教猱升木

傳猱猨屬箋猱之性善登木集傳猱獼猴也○孔疏猱則猨之輩屬非猨也陸璣云猱獼猴也楚人謂之沐猴老者為玃長臂者為猨猨之白腰者為獑胡獑胡猨駿捷於獼猴然則猱猨其類大同也

毋教猱升木

小雅·角弓

骍骍角弓，翩其反矣。兄弟昏姻，无胥远矣。

尔之远矣，民胥然矣。尔之教矣，民胥效矣。

此令兄弟，绰绰有裕；不令兄弟，交相为瘉。

民之无良，想怨一方。受爵不让，至於已斯亡。

老马反为驹，不顾其后。如食宜饇，如酌孔取。

毋教猱升木，如涂涂附。君子有徽猷，小人与属。

雨雪瀌瀌，见晛曰消。莫肯下遗，式居娄骄。

雨雪浮浮，见晛曰流。如蛮如髦，我是用忧。

毋，不要。猱（náo），猿猴一类的长臂动物。猨，同猿。玃，音jué。獑（chán）胡，即獑猢，猿类。

匪兕匪虎

小雅 · 何草不黄

何草不黄，何日不行。何人不将，经营四方。

何草不玄，何人不矜。哀我征夫，独为匪民。

匪兕匪虎，率彼旷野。哀我征夫，朝夕不暇。

有芃者狐，率彼幽草。有栈之车，行彼周道。

匪，非、不是。兕（sī），犀牛。体形较大，头上长一角，全身黑色，皮坚韧厚实，可用来做铠甲。《说文》："如野牛，青色，其皮坚厚可制铠。"牸，当作牸（zì），雌牛。

匪兕匪虎

傳兕虎野獸也集傳兕野牛一角青色重千斤　典籍便覽其皮堅厚可以制鎧或云兕即犀之牸者一角長三尺又云古人多言兕今人多言犀北人多言兕南人多言犀

有貓有虎

傳貓似虎淺毛者也○爾雅虎竊毛謂之虦貓疏竊淺也虎之淺毛者別名虦貓辨解為家貍非是

獻其貔皮

傳貔猛獸也○書註貔一名執夷虎屬也

赤豹黃羆

共未詳

有貓有虎　獻其貔皮　赤豹黄羆

大雅·韩奕

原诗见「维笋及蒲」条。（页一七二）

猫，山猫，体形似虎而小。虥，音zhàn。貔（pí），《尔雅·释兽》："貔，白狐。"《书注》，指《尚书》伪孔传。《书注》所言，出自《牧誓》篇。赤豹，红毛的豹皮。黄罴，黄毛的罴皮。

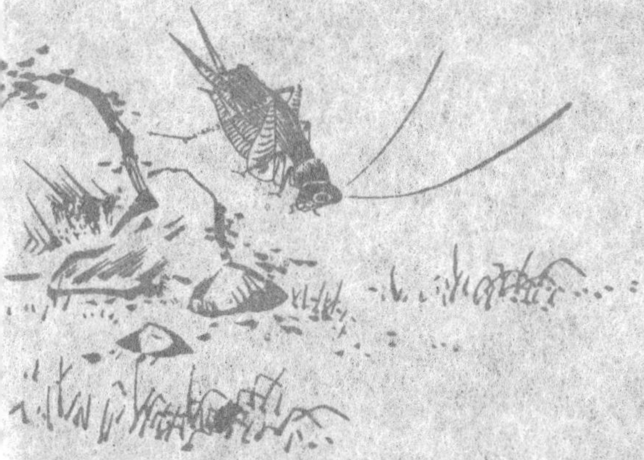

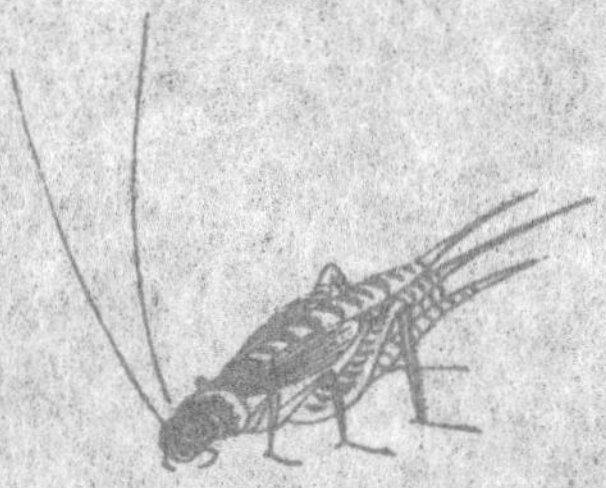

卷六

蟲部

蟋蟀在堂，
岁聿其莫。

螽斯羽詵詵兮

周南·螽斯

螽斯羽诜诜兮，宜尔子孙振振兮。
螽斯羽薨薨兮，宜尔子孙绳绳兮。
螽斯羽揖揖兮，宜尔子孙蛰蛰兮。

螽斯，蝗虫的一种，又名蚣蝑、斯螽，俗称蚂蚱，多子。螽（zhōng），《说文》释为蝗。螽斯，《豳风·七月》作“斯螽”，其实是同一物。冈元凤认为就是日本的“吉里古里斯”（日语训读谐音）。

毛詩品物圖攷卷六

蟲部

螽斯羽詵詵兮

傳螽斯蚣蝑也集傳蝗屬長而青長角長股能以股相切作聲一生九十九子○爾雅蜇螽蚣蝑蜇音斯邢昺云蜇螽周南作螽斯七月作斯螽惟字異文倒其實一也一名蚣蝑一名蜙蠑一名䗥黍螽總名斯語詞註家以為蚣蝑則今吉里吉里斯也

喓喓草蟲

傳草蟲長羊也集傳蝗屬奇音青色○草蟲爾雅草螽即是也陸云好在茅草中

喓喓草蟲

召南·草虫

原诗见「言采其蕨」条。（页〇一七）

喓喓（yāo），虫鸣声。草虫，《尔雅》作草螽，今名蝈蝈。《尔雅注疏》引陆《疏》："小大长短如蝗也，奇音青色，好在茅草中。"陆，指陆玑。

趯趯阜螽

召南·草虫

原诗见「言采其蕨」条。（页〇一七）

趯趯（tì），虫跳跃貌。阜螽，《尔雅》解释为蠜（fán），今名蚱蜢。陈藏器云云，见《本草拾遗》。严粲《诗缉》认为阜螽与螽是同一种昆虫，冈元凤认为《尔雅》有明确的解释，不能把二者混淆。

趯趯阜螽

傳阜螽蠜也箋草蟲鳴阜螽躍而從之異種同類○陳藏器云阜螽如蝗東人呼為舴艋有毒有黑班者此云法他法他嚴緝阜螽○螽為一物爾雅有明解不可混矣

領如蝤蠐

傳蝤蠐蝎蟲也集傳木蟲之白而長者。蝤蠐一名蝎一名木蠹蟲一名蛣蝠生腐木中名物疏云蝎自蝤蠐之異名非蠆尾之蠍

领如蝤蛴

卫风·硕人

原诗见「齿如瓠犀」条。（页〇三〇）

领，颈。蝤蛴（qiú qí），《尔雅》解释为蝎，毛《传》从此说。蝤蛴，即木蠹虫的幼虫，体形肥白，多生在腐烂的木头中。因其长而白，故可比作颈。

螓首蛾眉

卫风·硕人

原诗见「齿如瓠犀」条。（页〇三〇）

螓（qín），蟪蟟中体形小、色泽绿的一种，冈元凤认为即是日本的“遏几设密”（日语训读谐音）。蛾，蚕蛾，触须细长弯曲。

*《韵会》，指《古今韵会举要》，元朝熊忠撰。《韵会》云云，见本书卷七。

螓首蛾眉

傳螓首顙廣而方箋螓謂蜻蜻也集傳螓如蟬而小其額廣而方正蛾蠶蛾也○螓此云過幾設容爾雅翼螓蟭蟟之小而綠色者螓首即角犀豐盈之謂也韻會蛾似黃蝶而小其眉句曲如畫

蒼蠅之聲

傳蒼蠅之聲有似遠雞之鳴○古義天將曙而蒼蠅始有聲

蒼蠅之聲

齐风·鸡鸣

鸡既鸣矣，朝既盈矣。匪鸡则鸣，苍蝇之声。

东方明矣，朝既昌矣。匪东方则明，月出之光。

虫飞薨薨，甘与子同梦。会且归矣，无庶予子憎。

苍蝇，多聚集于污秽之地，古人用它来比喻谗人、小人。

*《古义》，指明何楷《诗经世本古义》。

營營青蝇

小雅·青蝇

营营青蝇，止于樊。岂弟君子，无信谗言。

营营青蝇，止于棘。谗人罔极，交乱四国。

营营青蝇，止于榛。谗人罔极，构我二人。

营营，象声词，苍蝇来回飞的声音。

營營青蠅 見蒼蠅

蟋蟀在堂

傳蟋蟀蛬也集傳蟲名似蝗而小正黑有光澤如漆有角翅或謂之促織○陸疏楚人謂之王孫幽人州謂之趨織里語曰趨織鳴嬾婦驚是也此方古名吉里吉里斯故與蚣蝑易混

蟋蟀在堂

唐风·蟋蟀

蟋蟀在堂，岁聿其莫。今我不乐，日月其除。
无已大康，职思其居。好乐无荒，良士瞿瞿。
蟋蟀在堂，岁聿其逝。今我不乐，日月其迈。
无已大康，职思其外。好乐无荒，良士蹶蹶。
蟋蟀在堂，役车其休。今我不乐，日月其慆。
无已大康，职思其忧。好乐无荒，良士休休。

蟋蟀，候虫，随着寒暑变化而迁居，故《豳风·七月》说：“七月在野，八月在宇，九月在户，十月蟋蟀入我床下。”在户，即在堂，其时为农历九月。周朝建子，以农历十月为岁暮，蟋蟀在堂，时值九月，故云“岁聿其莫”。

蜉蝣之羽

曹风·蜉蝣

蜉蝣之羽，衣裳楚楚。心之忧矣，于我归处！
蜉蝣之翼，采采衣服。心之忧矣，于我归息！
蜉蝣掘阅，麻衣如雪。心之忧矣，于我归说！

蜉蝣，又叫渠略，似甲虫，有角，大如指，长三四寸，甲下有翅，能飞。夏月阴雨时，从地中钻出。用火烧着吃，味道像蝉。

* 毛晋所云，出自毛晋《毛诗草木鸟兽虫鱼疏广要》。

* 许叔重，指汉朝许慎，毛晋说本许叔重，指的是许慎注《淮南子》。

蜉蝣之羽

傳蜉蝣渠畧也朝生夕死集傳似蛣蜣身狹而長角黃黑色朝生暮死○毛晉云今水上有蟲羽甚整白露節後羣浮水上隨水而去以千百計宛陵人謂之白露蟲毛說本許叔重稻氏從之雖非舊說亦有據焉

五月鳴蜩

五月鳴蜩

豳风·七月

原诗见「八月断壶」条。（页一〇三三）

如蜩如螗

大雅·荡

荡荡上帝，下民之辟。疾威上帝，其命多辟。
天生烝民，其命匪谌？靡不有初，鲜克有终。
文王曰咨，咨女殷商。曾是强御，曾是掊克，
曾是在位，曾是在服。天降滔德，女兴是力。
文王曰咨，咨女殷商。而秉义类，强御多怼。
流言以对，寇攘式内。侯作侯祝，靡届靡究。
文王曰咨，咨女殷商。女炰烋于中国，敛怨以为德。
不明尔德，时无背无侧。尔德不明，以无陪无卿。
文王曰咨，咨女殷商。天不湎尔以酒，不义从式。
既愆尔止，靡明靡晦。式号式呼，俾昼作夜。
文王曰咨，咨女殷商。如蜩如螗，如沸如羹。
小大近丧，人尚乎由行。内奰于中国，覃及鬼方。
文王曰咨，咨女殷商。匪上帝不时，殷不用旧。
虽无老成人，尚有典刑。曾是莫听，大命以倾。
文王曰咨，咨女殷商。人亦有言，颠沛之揭，
枝叶未有害，本实先拨。殷鉴不远，在夏后之世。

蜩（tiáo）、螗（táng）皆是蝉的别名。《毛诗正义》："《释虫》云：'蜩，蜋蜩，螗蜩。'舍人云：'皆蝉。'《方言》曰：'楚谓蝉为蜩，宋、卫谓之螗蜩，陈、郑谓之蜋蜩，秦、晋谓之蝉。'是蜩、蝉一物，方俗异名耳。"

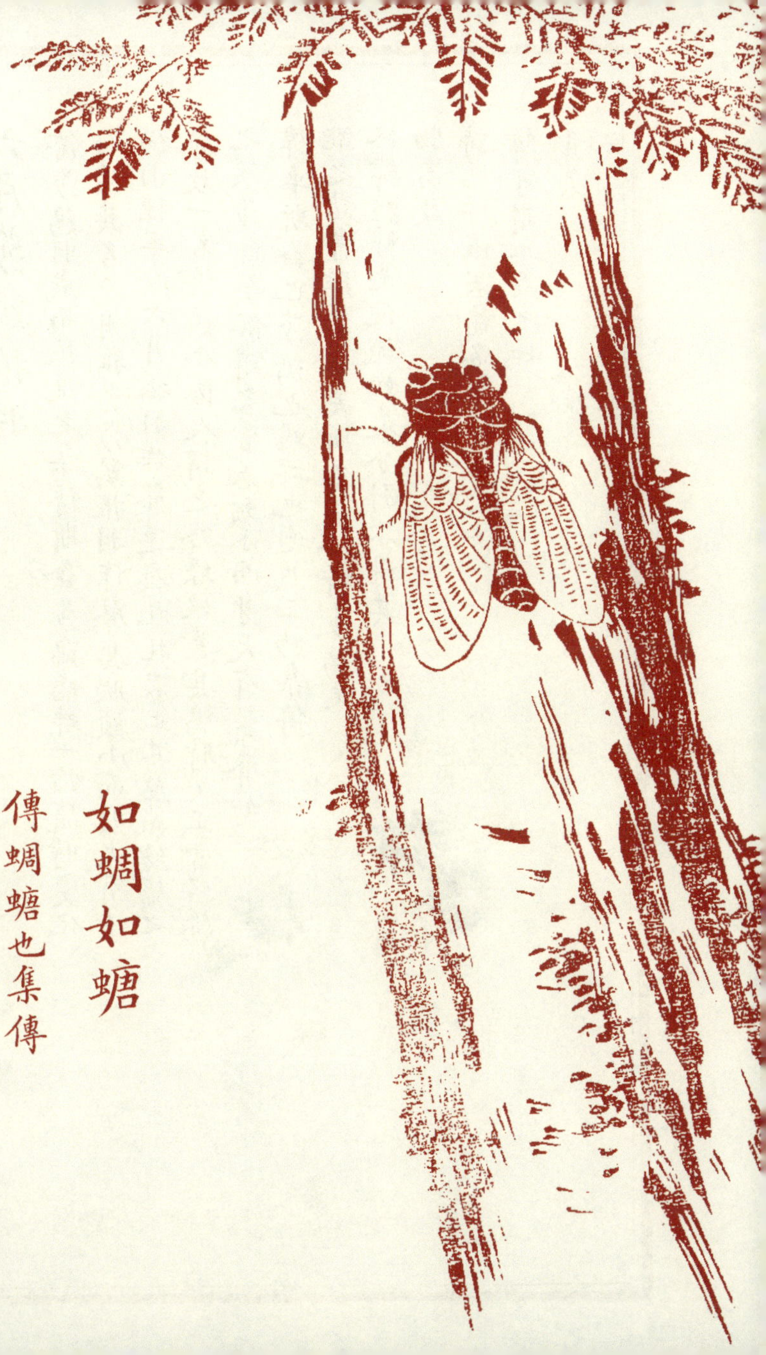

如蜩如螗

傳蜩螗也集傳

蜩螗皆蟬也

六月莎鷄振羽

傳莎鷄羽成而振訊之集傳斯螽莎鷄蟋蟀一物隨時變化
而異其名。爾雅翼莎鷄振羽作聲其狀頭小而羽大有青
褐兩種率以六月振羽作聲連夜札札不止其聲如紡絲之
聲故一名梭鷄今俗人謂之絡絲娘蓋其鳴時又正當絡絲
之候莎鷄今俗謂之管卷頭小而身大有鬚聲如
緯車斯螽也莎鷄也蟋蟀也迥然三物集傳
訛之諸書辨其非矣斯螽是蚣蝑莎鷄是
絡緯蟋蟀是促織如是分別各得其
物高啟
詩蟋蟀催寒輸絡
緯可謂二蟲之知
音矣

六月莎鷄振羽

豳风·七月

原诗见「八月断壶」条。（页〇三三）

莎鸡，即纺织娘。《毛诗正义》引陆《疏》：“莎鸡如蝗而班色，毛翅数重，其翅正赤，或谓之天鸡。六月中飞而振羽，索索作声，幽州人谓之蒲错是也。”

朱熹认为斯螽、莎鸡、蟋蟀是一物，因季节变化而名称不同，乃误承崔豹、程颐之说，见冯复京《六家诗名物疏》。冈元凤根据罗愿《尔雅翼》，认为应当是三种不同的昆虫。

* 高启，明朝诗人。

蠶月條桑

豳风·七月

原诗见「八月断壶」条。（页〇三三）

蚕月，养蚕的月份，指夏历三月。条，修剪。

蠶月條桑

蜎蜎者蠋

傳蠋桑蟲也集傳桑蟲如蠶者也○郭璞云蟲大如指似蠶韓非子云鱣似蛇蠶似蠋人見蛇則驚駭見蠋則毛起然婦人拾蠶而漁人握鱣故利之所有皆為賁育

蜎蜎者蠋

豳风·东山

原诗见「果蠃之实」条。（页一一四）

蜎蜎（yuān），软体动物蠕动的样子。蠋（zhú），桑虫，蝴蝶等的幼虫，青色，形似蚕。贲、育，指孟贲、夏育，皆古时勇士。

《韩非子》云，见《韩非子·内储说上七术》。育，或作诸，则指刺客专诸。

伊威在室

豳风·东山

原诗见「果蠃之实」条。（页一一四）

伊威，又写作蛜蝛，又名委黍、鼠妇，今名地鳖虫。寇宗奭云，见《本草衍义》。

伊威在室

傳伊威委黍也集傳鼠婦也室不掃則有之○寇宗奭云混生蟲多足大者長三四分其色如蚓背有横紋蹙起

蠨蛸在戶

傳蠨蛸長踦也

集傳小蜘蛛也

戶無人出入則

結網當之○爾

雅蠨蛸長踦註

小鼅鼄長腳者

俗呼為喜子

蟏蛸在户

豳风·东山

原诗见「果赢之实」条。（页〇一一四）

蟏蛸（xiāo shāo），一种长脚的小蜘蛛，俗称喜蛛。古人认为当喜蛛附着在人的衣服上时，预示着家里将有客人来到。所以又称喜蛛为亲客、喜子。鼅鼄，蜘蛛的异体字。

熠燿宵行

豳风·东山

原诗见「果蠃之实」条。（页一一四）

对于此诗句，毛亨和朱熹有不同的解释。熠燿（yì yào），毛《传》解释为燐，燐通鳞，萤火虫。熠燿宵行，夜晚萤火虫飞行在道路上。熠燿，朱《传》解释为“明不定貌”，宵行释为虫。熠燿宵行，爬走的宵行虫散发出明灭不定的微光。毛、朱二说不同，稻若水引张华《励志诗》证明毛说为是，冈元凤从之。但冈元凤只知燐为鬼火，不是萤火虫，而不知燐通鳞，《经典释义》“燐，字又作鳞”就是明证。

宵行是萤火虫的一种，也有来历。《本草》记载萤有三种：其一，晚上飞，腹下有光，即《月令》所谓腐草化为萤者；其二，长如蛆蠋，尾后有光，无翼不飞，称为宵行，俗名萤蛆，《明堂》《月令》所谓腐草化为蠋者；其三，水萤，居水中，即唐李子卿《火萤赋》所谓“彼何为而化草，此何为而居泉”者。朱熹解释的宵行，即是萤火虫的第二种。冈元凤所画图，似是水萤。

熠燿宵行

傳熠燿燐也燐螢火也集傳宵行蟲名如蠶夜行喉下有光如螢○二說不同稻氏云張華詩涼風振落熠燿宵流是熠燿之為螢也此說為得但燐非螢火孔疏詳之

胡為虺蜴

傳蜴螈也箋虺蜴之性見人則走集傳虺蜴皆毒螫之蟲也○爾雅翼蜥蜴似蛇而四足五六寸生草澤中爾雅榮螈蜴蜥蝘蜓守宮四名轉相解至陶弘景以為其類有四種按此說不然東方朔云若非守宮即蜥蜴二物分稱亦已久矣

胡为虺蜴

小雅·正月

正月繁霜，我心忧伤。民之讹言，亦孔之将。
念我独兮，忧心京京。哀我小心，癙忧以痒。
父母生我，胡俾我瘉？不自我先，不自我后。
好言自口，莠言自口。忧心愈愈，是以有侮。
忧心惸惸，念我无禄。民之无辜，并其臣仆。
哀我人斯，于何从禄？瞻乌爰止，于谁之屋？
瞻彼中林，侯薪侯蒸。民今方殆，视天梦梦。
既克有定，靡人弗胜。有皇上帝，伊谁云憎！
谓山盖卑，为冈为陵。民之讹言，宁莫之惩！

对于“虺蜴”，古人有两种不同的解释，毛《传》解释蜴为螈，则虺当读为“维虺维蛇”之虺，虺、蜴为两物；陆《疏》则以虺蜴为一物，“虺蜴，一名蝾螈，水蜴也。或谓之蛇医，如蜥蜴，青绿色，大如指，形状可恶”。《尔雅·释鱼》以蜥蜴释蝾螈，以蝘蜓释蜥蜴，以守宫释蝘蜓。《说文》：“在壁曰蝘蜓，在草曰蜥蜴。”东方朔云，见《汉书》本传。冈元凤书中所画的，是在草中的蜥蜴。

召彼故老，讯之占梦。具曰「予圣」，谁知乌之雌雄！

○谓天盖高，不敢不局。谓地盖厚，不敢不蹐。
维号斯言，有伦有脊。哀今之人，胡为虺蜴？

○瞻彼阪田，有菀其特。天之扤我，如不我克。
彼求我则，如不我得。执我仇仇，亦不我力。

○心之忧矣，如或结之。今兹之正，胡然厉矣？
燎之方扬，宁或灭之。赫赫宗周，褒姒灭之。

○终其永怀，又窘阴雨。其车既载，乃弃尔辅。
载输尔载，「将伯助予」。

○无弃尔辅，员于尔辐。屡顾尔仆，不输尔载。
终逾绝险，曾是不意。

○鱼在于沼，亦匪克乐。潜虽伏矣，亦孔之炤。
忧心惨惨，念国之为虐。

○彼有旨酒，又有嘉殽。洽比其邻，昏姻孔云。
念我独兮，忧心殷殷。

○佌佌彼有屋，蔌蔌方有谷。民今之无禄，天夭是椓。
哿矣富人，哀此惸独。

維虺維蛇

集傳虺蛇屬細頸大頭色如文綬大者長七八尺○虺一名蝮有牙最毒埤雅云虺狀似蛇而小集傳七八尺蓋蝮之至大者也

維虺維蛇

小雅·斯干

原诗见「下莞上簟」条。（页一五九）

虺（huī），又叫蝮，一种毒蛇。

螟蛉有子 蜾蠃负之

小雅·小宛

原诗见「宛彼鸣鸠」条。（页 三七三）

螟蛉（míng líng），桑树上的小青虫。《毛诗正义》引陆机云："螟蛉者，桑上小青虫也，似步屈，其色青而细小。或在草莱上。"蜾蠃（guǒ luǒ），细腰蜂。古人认为蜾蠃取螟蛉的幼虫收养，当作自己的幼虫，所以称养子为螟蛉子。经近世昆虫学家研究，认为螟蛉即螟虫，以植物为食料的害虫。蜾蠃，小黄蜂，今名寄生蜂。蜾蠃取螟虫等的幼虫贮于己巢，用尾刺注毒液于螟蛉体内，使之昏迷，作为自己幼虫的食料。

螟蛉有子蜾蠃負之

傳螟蛉桑蟲也蜾蠃蒲盧也集傳螟蛉桑上小青蟲也似步屈蜾蠃土蜂也似蜂而小腰取桑蟲負之於木空中七日而化為其子○爾雅果蠃注即細腰蠭也俗呼為蠮螉陶弘景云雖名土蜂不就土中作窟謂摙土作房爾

為鬼為蜮

傳蜮短狐也集傳江淮水皆有之能含沙以射水中人影其人輒病而不見其形也○柳元宗公射工沙蝨含怒竊發中人形影動成瘡痏倭中未聞有此物

為鬼為蜮

小雅·何人斯

彼何人斯，其心孔艰。胡逝我梁，不入我门。
伊谁云从，维暴之云。
二人从行，谁为此祸？胡逝我梁，不入唁我。
始者不如，今云不我可。
彼何人斯，胡逝我陈。我闻其声，不见其身。
不愧于人，不畏于天。
彼何人斯，其为飘风。胡不自北，胡不自南？
胡逝我梁，祇搅我心。
尔之安行，亦不遑舍。尔之亟行，遑脂尔车。
壹者之来，云何其盱！
尔还而入，我心易也。还而不入，否难知也。
壹者之来，俾我祇也。
伯氏吹壎，仲氏吹篪。及尔如贯，谅不我知。
出此三物，以诅尔斯。
为鬼为蜮，则不可得。有靦面目，视人罔极。
作此好歌，以极反侧。

蜮（yù），又名短狐。《说文》：“蜮，短狐也，似鳖，三足，以气射害人。”《释文》：“状如鳖，三足。一名射工，俗呼之水弩。在水中含沙射人，一云射人影。”《毛诗正义》引陆《疏》云：“一名射影，江淮水皆有之。人在岸上，影见水中，投人影则杀之，故曰射影。南人将入水，先以瓦石投水中，令水浊，然后入。或曰含沙射人皮肌，其疮如疥。”冈元凤言日本没听说有此物。

去其螟螣 及其蟊贼

小雅·大田

大田多稼，既种既戒，既备乃事。以我覃耜，俶载南亩，播厥百谷，既庭且硕，曾孙是若。

既方既皁，既坚既好，不稂不莠。去其螟螣，及其蟊贼，无害我田穉。田祖有神，秉畀炎火。

有渰萋萋，兴云祁祁，雨我公田，遂及我私。彼有不获穉，此有不敛穧；彼有遗秉，此有滞穗，伊寡妇之利。

曾孙来止，以其妇子，馌彼南亩，田畯至喜。来方禋祀，以其骍黑，与其黍稷，以享以祀，以介景福。

据《尔雅》解释，螟、螣、蟊、贼是四种祸害庄稼的昆虫。螟（míng），食心虫，与庄稼同为青色，易隐藏；螣（té），食叶的昆虫，既吃庄稼叶子，又吐丝缠绕叶子，使叶不舒展；蟊（máo），食根的虫，即蝼蛄；贼（zéi），食节的虫，咬断庄稼枝节，使庄稼折断而死。犍为文学，指与东方朔同时的诙谐家郭舍人，最早为《尔雅》作注，称犍为文学注，或舍人注。

去其螟螣及其蟊賊

傳食心曰螟食葉曰螣食根曰蟊食節曰賊集傳皆害苗之蟲也○揵為文學曰此四種蟲皆蝗也實不同故分釋之爾雅翼云今食苗心者乃無足小青蟲既食其葉又以絲纏集衆葉使穗不得展江東謂之橫蟲音如橫逆之橫言其橫生又能為橫災也然按蝗字通有橫音以為物雖不同皆害稼之屬也按蝗螽類此方如實盛蟲為然據羅說蝗橫災之義然則害禾稼之蟲皆可施四名不必辨其形可也

卷髮如蠆

箋蠆螫蟲也尾末揵然如婦人髮末曲上卷然○釋文通俗文云長尾為蠆短尾為蠍

卷髮如蠆

小雅·都人士

彼都人士，狐裘黄黄，其容不改，出言有章。行归于周，万民所望。

彼都人士，台笠缁撮。彼君子女，绸直如发。我不见兮，我心不说。

彼都人士，充耳琇实。彼君子女，谓之尹吉。我不见兮，我心苑结。

彼都人士，垂带而厉。彼君子女，卷发如虿。我不见兮，言从之迈。

匪伊垂之，带则有余。匪伊卷之，发则有旟。我不见兮，云何盱矣。

卷（quán）发，女子两鬓旁边卷曲的短发。虿（chài），蝎类。长尾巴的叫虿，短尾巴的叫蝎。

*《释文》，即《经典释文》，唐朝陆德明著。

*《通俗文》，后汉服虔著。

莫予荓蜂

周颂·小毖

原诗见「肇允彼桃虫」条。（页三九七）

荓蜂，毛《传》与朱熹《集传》有不同的解释。毛《传》释为“摩曳”，孙毓理解为“牵引扶助”。莫予荓蜂，意思是说，没有人牵引扶助我。《集传》训“荓”为“使”，训蜂为毒蜂。莫予荓蜂，意思是说，舍弃我不顾，让我去使蜂。冈元凤同意朱熹的说法。

莫予荓蜂

集傳蜂小物而有毒○蜂本作蠭

卷七

魚部

岂其食鱼，必河之鲤？

魴魚赬尾

周南·汝坟

遵彼汝坟，伐其条枚。未见君子，惄如调饥。

遵彼汝坟，伐其条肄。既见君子，不我遐弃。

鲂鱼赪尾，王室如毁。虽则如毁，父母孔迩。

鲂（fáng），鳊鱼，又称鲢鱼。《说文》：“鲂，赤尾鱼也。”赪（chēng），红色。冈元凤说日本河中不产鲂鱼。“埋捺葛子和”，日语鲳鱼的训读谐音。

★《正字通》，明朝张自烈著。

毛詩品物圖攷卷七

魚部

魴魚赬尾

集傳魴身廣而薄少力細鱗○魴一名鯿陸疏魴魚廣而薄肥恬而少力細鱗魚之美者埤雅細鱗縮項闊腹其廣方其厚褊故曰魴亦曰鯿正字通小頭縮項闊腹穹脊細鱗色青白腹內甚腴舊說埋捺蕎子

鯧

和為魴松岡氏云魴是屋施吉烏和生近江湖中扁身細鱗大僅三四寸吾國河中無魴如屋施吉烏和未見其大者

鱣鮪發發

傳鱣鯉也集傳鱣魚似龍黄色銳頭口在頷下背上腹下皆有甲大者千餘斤傳鮪鮥也集傳鮪似鱣而小色青黑○孔疏鱣大魚似鱏而短鼻口在頷下體有邪行甲無鱗肉黄大者長二三丈江東呼為黄魚陸疏鮪似鱣而青黑頭小而尖似鉄兜鍪口在頷下鮪鱣屬或為施娓者非是

鳣鲔發發

卫风·硕人

原诗见「齿如瓠犀」条。（页〇三〇）

鳣（zhān），《尔雅》用以释鲤，毛《传》以鲤释鳣，《说文》鳣、鲤互训，《周颂·潜》“有鳣有鲔”郑《笺》：“鳣，大鲤也。”可见鳣是大鲤鱼的别名。朱《传》、孔《疏》云云，则将鳣释为鲟鳇鱼，冈元凤书中所画者即此。鲔（wěi），鲟鱼，鲟之小者为鮥。发发（bō），鱼尾甩动声。

其魚魴鰥

齐风·敝笱

敝笱在梁，其鱼鲂鳏。齐子归止，其从如云。
敝笱在梁，其鱼鲂鱮。齐子归止，其从如雨。
敝笱在梁，其鱼唯唯。齐子归止，其从如水。

鲂，鳊鱼，“鲂鱼赪尾”条已有释。鳏（guān），鲲鱼。王先谦《诗三家义集疏》云：“鳏者，王引之云即《尔雅》之鲩，一作鲲。潘岳《西征赋》‘弛青鲲于钜网’，此大鱼也。《笺》：‘鳏，鱼子。’《释鱼》：‘鲲，鱼子。’李巡曰：‘凡鱼之子，总名鲲也。’是鲲有二义。”冈元凤“注家必引盈车之鳏成说”，指的是《毛诗正义》引《孔丛子》“卫人钓于河，得鳏鱼焉，其大盈车”云云。又冈元凤认为毛亨释鳏为大鱼，只是说明敝笱不能制之义，非谓鳏为至大之鱼，按冈氏此说，与冯复京《六家诗名物疏》正同。

其魚魴鰥

傳鰥大魚箋魚子也○鰥未詳蓋魴鱮之類毛以為大魚釋敂筍不可制之義耳非謂至大之魚也註家必引盈車之鰥成説非是

其魚魴鱮

傳魴鱮大魚箋似魴而弱鱗集傳鱮似魴厚而頭大或謂之鰱○埤雅鱮魚性旅行故字從與亦謂之鰱也失水即死弱魚也其頭尤大而肥者或謂之鱅

其魚魴鱮

齐风·敝笱

原诗见「其鱼鲂鳏」条。（页五〇六）

鲂，鳊鱼，已有释。鲊（xù），鲢鱼，肉厚，头大，鳞细，味道不美。

必河之鲤

陈风·衡门

衡门之下，可以栖迟。泌之洋洋，可以乐饥。

岂其食鱼，必河之鲂？岂其取妻，必齐之姜？

岂其食鱼，必河之鲤？岂其取妻，必宋之子？

鲤，鲤鱼，诗篇中经常与鲂鱼并提，二者都是上等的鱼。《神农书》云："鲤最为鱼之主。"《埤雅》说洛水中的鲤鱼和伊水中的鲂鱼最为贵重，比牛羊的价格还要高。

必河之鲤

九罭之魚鱒魴

傳鱒魴大魚也集傳鱒似鯶而鱗細眼赤○埤雅鱒魚圓魴魚方

九罭之鱼鳟鲂

豳风·九罭

九罭之鱼，鳟鲂。
我觏之子，衮衣绣裳。
鸿飞遵渚，公归无所。于女信处！
鸿飞遵陆，公归不复。于女信宿！
是以有衮衣兮，无以我公归兮，无使我心悲兮！

九罭（yù），网眼细密的鱼网。九是虚数，言网眼之多。鳟，又称鲅，细鳞，赤眼，属鲤科。鳟、鲂都是大鱼，用细密的网捕之，自然逃不脱。

魚麗于罶鱨鯊

小雅·鱼丽

鱼丽于罶，鲿鲨。君子有酒，旨且多。
鱼丽于罶，鲂鳢。君子有酒，多且旨。
鱼丽于罶，鰋鲤。君子有酒，旨且有。
物其多矣，维其嘉矣。
物其旨矣，维其偕矣。
物其有矣，维其时矣。

丽，附丽，附著的意思。罶（liǔ），又叫笱，捕鱼的工具，用竹编成，形状如篪，编绳为底，放在水中鱼梁上，鱼能入而不能出。鲿（cháng），黄鲿鱼，又名黄颊鱼。鲨（shā），鮀，一种黄皮黑斑的小鱼，常张口吹沙，故又名吹沙。晋郭义恭《广志》云："吹沙鱼大如指，沙中行。"

魚麗于罶鱨鯊

傳鱨揚也集傳今黃頰魚是也似燕頭魚身形厚而長大頰骨正黃魚之大而有力解飛者○稲氏云伊賀州荒木川有魚形似燕青色能飛躍名施耶十土人食之疑此鱨魚也此說未詳姑錄備考○傳鯊鮀也集傳魚狹而小常張口吹沙故又名吹沙○集傳狹而小本陸疏通雅云鯊吹沙小魚黃皮黑斑正月先至身前半闊而扁後方而狹陸氏以為狹小非也

魚麗于罶魴鯉
傳鱧鮦也集傳又曰鯇也
○舊說恙紫眂爲奈已非
也鱧華中產者近世船載
來此方未見

魚麗于罶魴鱧

小雅·鱼丽

原诗见「鱼丽于罶，鲿鲨」条。（页五一四）

鳢（lǐ），毛《传》解释为鲖鱼，鲖本或作鲩。徐鼎《毛诗名物图说》则认为鲖和鲩是两种不同的鱼。鲖，吴中称为黑鱼；鲩，吴中称为鲜鱼。冈元凤认为日本不产此鱼，是由中国引进的。

魚麗于罶鰋鯉

小雅·鱼丽

原诗见「鱼丽于罶，鲿鲨」条。（页五一四）

鰋（yǎn），鲇鱼，即现在的鲶鱼，色灰白，无鳞，粘滑。

魚麗于罶鰋鯉
傳鰋鮎也

南有嘉魚

箋南方水中有嘉魚

集傳嘉魚鯉質鱒鯽肌出於沔南之丙穴○嚴緝下文樛木非木名則嘉魚亦非魚名

南有嘉魚

小雅·南有嘉鱼

原诗见「甘瓠累之」条。（页〇三七）

南，指南方江汉之地，毛《传》：“江、汉之间，鱼所产也。”嘉鱼，毛《传》无释，郑《笺》云：“言南方水中有善鱼。”则郑玄以善释嘉，嘉鱼泛指善鱼，并不是一种鱼的名称。至朱《传》，乃以嘉鱼为一种鱼。按，朱说本陆佃，陆佃《埤雅》云：“鲤质鳟鳞，肌肉甚美，食乳泉，出于丙穴……先儒言丙穴在汉中沔南县北，有乳穴二，常以三月取之。穴口向丙，故曰丙也。”冈元凤据严粲《诗缉》，以为嘉鱼非鱼名，言外之意就是不同意朱熹之说。冈氏的见解是正确的，从诗意看，嘉鱼泛指好鱼而已。

炰鳖脍鲤

小雅·六月

六月栖栖，戎车既饬。四牡骙骙，载是常服。
猃狁孔炽，我是用急。王于出征，以匡王国。

比物四骊，闲之维则。维此六月，既成我服。
我服既成，于三十里。王于出征，以佐天子。

四牡修广，其大有颙。薄伐猃狁，以奏肤公。
有严有翼，共武之服。共武之服，以定王国。

猃狁匪茹，整居焦穫。侵镐及方，至于泾阳。
织文鸟章，白旆央央。元戎十乘，以先启行。

戎车既安，如轾如轩。四牡既佶，既佶且闲。
薄伐猃狁，至于大原。文武吉甫，万邦为宪。

吉甫燕喜，既多受祉。来归自镐，我行永久。
饮御诸友，炰鳖脍鲤。侯谁在矣？张仲孝友。

炰（páo），蒸煮。鳖，甲鱼。脍（kuài），细细切肉。炰鳖脍鲤，大意是指清蒸甲鱼，烹炒鲤丝。

包鼈膾鯉

我龜既厭

我龜既厭

小雅 · 小旻

旻天疾威，敷于下土。谋犹回遹，何日斯沮。
谋臧不从，不臧复用。我视谋犹，亦孔之邛。
○潝潝訿訿，亦孔之哀。谋之其臧，则具是违。
谋之不臧，则具是依。我视谋犹，伊于胡底。
○我龟既厌，不我告犹。谋夫孔多，是用不集。
发言盈庭，谁敢执其咎？如匪行迈，谋是用不得于道。
○哀哉为犹，匪先民是程，匪大犹是经。
维迩言是听，维迩言是争。如彼筑室于道，谋是用不溃于成。
○国虽靡止，或圣或否。民虽靡膴，或哲或谋，或肃或艾。
如彼泉流，无沦胥以败。
○不敢暴虎，不敢冯河，人知其一，莫知其他。
战战兢兢，如临深渊，如履薄冰。

龟，乌龟。厌，厌烦。

成是貝錦

小雅·巷伯

原诗见「投畀豺虎」条。（页四四〇）

贝，水中生物。贝壳，色泽光亮并有多种花纹。锦，锦缎。贝锦，指织有贝壳花纹的锦缎。

*《说约》，指明顾梦麟的《诗经说约》。

成是貝錦　錫我百朋

傳貝錦錦文也集傳貝水中介蟲也有文彩似錦古者貨貝五貝為朋○說約埤雅錦文如貝孔疏錦而連貝知為貝之文也注似從孔氏貝大者或至一尺六七寸九真交趾以為杯槃故可與小文為對

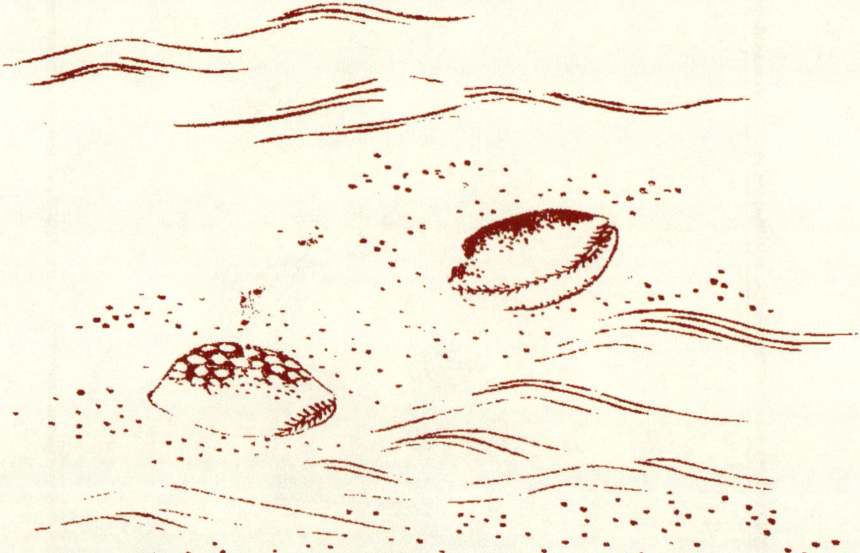

錫我百朋

小雅·菁菁者莪

原诗见「菁菁者莪」条。（页一五一）

锡，赐。朋，郑《笺》：“古者货贝，五贝为朋。”

鼍鼓逢逢

大雅·灵台

经始灵台，经之营之。庶民攻之，不日成之。
经始勿亟，庶民子来。王在灵囿，麀鹿攸伏。
麀鹿濯濯，白鸟翯翯。王在灵沼，於牣鱼跃。
虡业维枞，贲鼓维镛。於论鼓钟，於乐辟廱。
於论鼓钟，於乐辟廱。鼍鼓逢逢，矇瞍奏公。

鼍（tuó），一名鼍龙，又名猪婆龙，即扬子鳄。鼍鼓，用扬子鳄鱼皮蒙的鼓。

鼉鼓逢逢

傳鼉魚屬集傳似蜥蜴長丈餘皮可冒鼓○物類品隲云鼉龍鑾產迦阿異埋模形如守宮蛤蚧有四足頭尾皆鱗甲三尖尾長半身在咬𠺌吧暹羅洋中害人

龍旂陽陽

龍旂陽陽

周颂·载见

载见辟王，曰求厥章。
龙旂阳阳，和铃央央，鞗革有鸧，休有烈光。
率见昭考，以孝以享，以介眉寿。
永言保之，思皇多祜。
烈文辟公，绥以多福，俾缉熙于纯嘏。

龙旂，绘刺有交龙图案的大旗。阳阳，色彩鲜明貌。龙，古代传说中的神物，生活在水中，有角有爪，有鳞有须，能兴云作雨。

鲦鲿鰋鲤

周颂·潜

猗与漆沮，潜有多鱼，有鳣有鲔，鲦鲿鰋鲤。
以享以祀，以介景福。

鲦（tiáo），白条鱼，又叫儵鱼。鲿，黄颊鱼；鰋，鲇鱼；前皆有释。《古义》，指何楷《诗经世本古义》。《古义》所言，出自《尔雅翼》。《庄子·秋水》："庄子与惠子游于濠梁之上。庄子曰：'儵鱼出游从容，是鱼之乐也。'"

鰷鱨鰋鯉

傳鰷白鰷也○古義說文云鰷白鰷也其形纖長而白故曰白鰷又謂白儵此魚好游水上故莊子觀於濠梁稱儵魚出游從容以為魚樂明遂其性也

原书跋

自古说《诗》而辨厥名物者，亡虑数十家，而其义丛沓，学者鲜折衷矣。梁有《毛诗图》三卷，唐有《毛诗草木虫鱼图》二十卷，宋有马和之《毛诗图》，久既失其传焉。吾日本尝有稻若水先生者，自唱多识之学，始有《小识》之撰。其徒相续有纂述，未见图画其形状者也。友人冈公翼有慨于兹，说《诗》之暇，遍索五方，亲详名物，使画人橘国雄写其图状，系以辨说，装为三策。於戏！考据之博，拟肖之真，所谓说《诗》辨物者，于此乎可以备资正焉。乃今而后，使诸书生家无郑渔仲之叹者，实公翼赞成之惠也哉！余亦尝有多识之癖，不得不喜跃斯举，因题其后云。天明甲辰孟冬之吉浪速木孔恭识。

图书在版编目（CIP）数据

诗经图谱：彩绘本《毛诗品物图考》解说 /（日）冈元凤纂辑；王承略解说. -- 上海：上海古籍出版社，2024. 7.（2025.7 重印）-- ISBN 978-7-5732-1248-1
Ⅰ. I207.222
中国国家版本馆CIP数据核字第2024X666V3号

诗经图谱：彩绘本《毛诗品物图考》解说
（日）冈元凤　纂辑　　王承略　解说
上海古籍出版社出版发行
（上海市闵行区号景路159弄1-5号A座5F　邮政编码201101）
（1）网址：www.guji.com.cn
（2）E-mail：guji1@guji.com.cn
（3）易文网网址：www.ewen.co
上海丽佳制版印刷有限公司印刷
开本 850×1168　1/32　印张 17.5　插页 11　字数 160,000
2024年8月第 1 版　2025年7月第 2 次印刷
印数：5,101-7,400
ISBN 978-7-5732-1248-1
I·3855　定价：108.00元
如有质量问题，请与承印公司联系